Frau Mümmelmeier
von Atzenhuber
erzählt

Inhalt

10

Vorwort von Nicola Förg

IM ALTEN ÄGYPTEN wurden sie als Gottheiten verehrt. Ehrlich? Hand aufs Herz, liebe Archäologen, wisst ihr wirklich, was auf den Schrifttafeln und Papyrusrollen unter dem Bildnis einer Katze steht?

»Verzweifelter Pharao hat fünf kleine Kätzchen abzugeben. Mit Katzenklo. Wer eine abnimmt, erhält zwei Wochen Kost und Logis gratis. Mit Nilblick.« Und wieso ist dieser Pharao verzweifelt? Weil seine Priester und sein Hofstaat eben auch am Verzweifeln waren und irgendwann die Meuterei in der Pyramide ausgebrochen war.

»Herr Pharao, wenn die mir noch einmal durchs Orakel rennt, dann können Sie sich einen neuen Weissager suchen. Die schmeißt mir jedes Mal die Knöchelchen von Ihrem Vater durcheinander.«

»Verehrter edelster Herr Pharao, wenn die nochmals ihre Krallen am Sarkophag von Ramses wetzt, dann können Sie sich eine neue Putzfrau suchen. Am Ende werde doch ich verdächtigt.«

»Lieber Onkel Pharao, wenn Ihr Kater nochmals die Osiris-Statue markiert, dann laufe ich zu den Assyrern über. Verwandtschaft hin oder her. Wissen Sie, wie das stinkt, lieber Onkel?«

»Wertester Pharao, Gönner der schönen Künste, wenn dieses Vieh mir nochmals auf die wichtigen Schrifttafeln kotzt, dann kündige ich. Wissen Sie, wie lange ich an so was meißle?«

Ja, liebe Pharaonen, liebe Archäologen, liebe Zeitgenossen: Die Geschichte von Katz und Mensch ist eine Geschichte voller Fabeln, Legenden und Mären. Die Geschichte der Katze und des Menschen ist eine voller Missverständnisse und Irrtümer. Aber wir alle haben mal so angefangen. Klein und voller Illusionen. Wir lernten Mümmel kennen, also Frau Mümmelmeier von Atzenhuber, und unser Leben sollte nie mehr so sein wie zuvor.

Alles begann mit Mümmel. Als wir Mümmel besaßen … Ganz falsch, Katzen besitzt man nicht, Katzen besetzen Menschen. Also, als Mümmel die Gnade hatte, unser bis dahin armseliges Leben zu bereichern, wurde alles anders. Ganz anders, und sie war »nur« die Erste.

Kein normaler vernunftbegabter Mensch fährt eines schönen Morgens aus wirren Träumen hoch, horcht in sich hinein und hört die Botschaft: Du sollst dir sechs Katzen anschaffen. Kein normaler Homo sapiens schafft sich einfach so sechs Katzen an. Katzen kommen über einen. Wie Gewitter. Wie unangemeldete Verwandtschaft. Wie Fußpilz. Wieder falsch. Wie der größte Segen natürlich.

Wir waren einmal – olim, einst, in grauer Vorzeit, die sich heute unserer Erinnerung komplett entzieht – recht normal. Fast. Wir hatten zwei Kaninchen und ein Fjordpferd, aber Letzteres wohnte ja nicht zu Hause. Der Fjordwallach war irgendwie schuld, denn auf seinem Pferdehof zogen vier kleine Kätzchen ein. Herbstlinge, verfroren, viel zu früh der Katzenmama entrissen. Zweimal in Schwarz-Weiß und zweimal in Rabenschwarz. Die beiden Rabenschwarzen entführte eine Reitkollegin, waren noch die beiden anderen übrig. Es war ein Elend! Gammlige Milch von Fliegen übersät als Katzenfutter, mistiges Stroh in den Ställen der Kälber. Bauernschädel! Was Katzen betrifft, ist der Nährstand nicht zimperlich. Unnütze Kreaturen, Mäuse sollen die fressen. Und wenn es »Verreckerle« sind, holt man halt die nächsten. Gibt ja genug davon!

Seit Katzendame Mümmel gelten wir bei Bekannten und in der Nachbarschaft als wunderlich. Journalisten (lügen), keine Kinder (Sozialschädlinge im Widerstand, Rentenzahler zu produzieren) und dann noch sechs Katzen. Und zwei alte Kaninchenjungfern und fünf Pferde, aber diese niederen Spezies wohnen ja im Stall, Katzen hingegen sind präsent, omnipräsent in unserem Leben, und damit möchte ich das Wort an eine weit begnadetere Erzählerin übergeben.

KAPITEL 1

Ich bereichere deren Leben

GUTEN TAG, MOIN, MOIN, TACH oder wie ihr Menschen euch auch sonst begrüßt. Hier in Bayern heißt das »Grüß Gott«, ich meine in Menschenlatein, wir begrüßen uns ja mit einem Nasenstüber und schnuffeln mal am Popo des Neuankömmlings. Da weiß man gleich, mit wem man es zu tun hat. Solltet ihr Menschen auch machen, das würde euch viele Enttäuschungen ersparen, ihr mit eurer viel besungenen Menschenkenntnis – Katzenkenntnis erreicht ihr Menschen leider nie!

Aber gut, das nur am Rande, ich soll also erzählen? Nun, wir hatten einen schlechten Start da im Stall, aber da gab es Silvi, die Tierärztin, die uns geimpft hat und entwurmt, und Nachbar Franz, der richtiges Katzenfutter ausgegeben hat, und so war der Winter ganz erträglich. Ich meine, solche Durststrecken muss man durchstehen, unsere Mutter hat uns immer eingeschärft: Stil hat man, egal

wie die Umstände sind. Ich bin ja eigentlich eine ostpreußische Gräfin, wir mussten flüchten übers Haff, wir hatten natürlich Personal und haben Trakehner gezüchtet, wir hatten sogar einen zahmen Elch, hat uns Mama ins Ohr geschnurrt. Warum und wieso wir nahe Augsburg gelandet sind, bitte, wen interessiert das schon! Wir Katzen haben einen anderen Zeitbegriff und leben mehrdimensional.

Jedenfalls hielten mich die schlechten Startbedingungen nicht davon ab, schön zu werden. Nicht putzig oder lieb oder süß, wie Menschen dann immer quäken, wenn sie uns sehen. Nein, ich wurde schön, mit edlem Langhaarkleid und perfekt geometrischer Schwarz-Weiß-Zeichnung. Mein Bruder sah auch nicht übel aus, aber plötzlich, auf einmal im Frühjahr, war der Kerl weg. Lag nirgends überfahren am Straßenrand, und ich hoffe bis heute inständig, dass er sich einen praktischen Menschen gesucht hat. Merlin, wie die Menschen ihn getauft hatten, der schnurrte ja schon, bevor ein Mensch um die Ecke bog. Aber Merlin war weg, und ich gebe zu, es war einsam ohne ihn, man konnte so schön seinen Schwanz jagen, und als Kopfkissen war er im Stroh auch sehr geeignet. Zu mir sagten sie anfangs »Mim«, und dann driftete mein Name irgendwie lautmalerisch immer mehr in Richtung »Mümmele« ab. Wahrscheinlich weil

der Hof nahe bei Augsburg lag, wo man ja gerne mal diesen schwäbischen »le«-Sprachfehler hat.

Also, ich war immer noch auf der Suche nach Merlin, und dann roch es auch so interessant, jedenfalls ich in so einen Schuppen rein, Witterung aufgenommen, und plötzlich fiel die Tür zu. Ich dachte mir noch, das Geräusch kennst du, wenn sich so ein Schlüssel im Schloss umdreht, und ich nahm mal an, dass bald wieder jemand käme. Ich überschlage in solchen Situationen die Pfoten und warte, Rumschreien kostet nur Energie und ist stillos. Aber es kam lange keiner, sehr lange, die Menschen haben wahrscheinlich gedacht, ich sei ins Silo gefallen oder in der Odelgrube grausam verendet. War ich natürlich nicht, wir haben sieben Leben und notfalls noch ein paar mehr.

Ich musste einen Ausgang finden, und der war zugegeben nicht so gut gewählt, eine Scheibe brach, und ich habe mir ziemlich den Hals zerschnitten. Als ich bei Franz auf der Treppe saß, ist der fast in Ohnmacht gefallen. Gut, ich war dürr wie ein Skelett, nur mein edles Langhaar kaschierte noch das Gerippe. Und den Hals hatte ich komplett zerschnitten, Blut macht auf weißem Haar wirklich dramatische Flecken. Menschen können ja so schlecht Blut sehen.

Silvi kam mit Spritzen und Verbänden, unangenehm, aber wahrscheinlich nötig, und ich gebe zu, ich wurde ein wenig depressiv. Das ist sonst weniger meine Art, und ich wusste, dass sich in meinem Leben etwas ändern musste. Dieser Stall war einfach kein Umfeld für eine Katze meiner Couleur.

Nun hatte ich ja bereits einmal einen Ausflug zur Menschin gemacht, indem ich in ihr Auto eingestiegen war. Sie hatte mich auch erst bemerkt, als sie zu Hause war. Sie hat mich – und das war einkalkuliert – mit hineingenommen und ihrer Frau Hrdlicka und Frau Bösl vorgestellt. Zwei Karnickel! Sie war nachgerade panisch, ob ich den Karnickeln etwas antue oder die mir. Ich bitte Sie, welche Katze macht sich die Pfoten an diesen kurzohrigen Hopplern dreckig! Ich hab denen gesagt: Friede, Schwestern, denkt an Woodstock, und dann war das Körnerfutter mehr oder wenig gebissen. Die eine klopfte herzhaft auf der Treppe, das machen diese Nager ja gerne, um ihrem Unmut Ausdruck zu verleihen, aber das war es auch schon. Doch die Menschin hat mich zurück in den Stall gefahren, dabei fand ich mein Bewerbungsgespräch damals eigentlich sehr gelungen.

Das jedenfalls hatte ich in Erinnerung und dass ich nun doch zu intensiveren Mitteln greifen musste. Ich also mit kugelrunden Augen den Trauerkloß gegeben, und als Franz ein Fest ausrichtete, bin ich ständig mit hängendem Schwanz scheu durchs Bild gehuscht, ein peinlicher Auftritt im Prinzip, aber der Zweck heiligt die Mittel.

Die Menschin und der Mensch warfen sich so Blicke zu, na endlich hatten sie es begriffen, setzten mich ins Auto, wo ich mich sofort auf einer nach Pferde müffelnden Jacke zusammenrollte. Sonst gab ich keinerlei Kommentare ab. Zu Hause durchschritt ich langsam und nachdenklich alle Räume, nahm ein Bett mit Daunendecke ins Visier, sprang hoch

und schlief. Den beiden Klopfern hab ich in einer unbeachteten Minute mal ganz sanft auf die Nase gehauen und klargemacht, dass ich soeben eingezogen bin. Da setzt doch eine dieser beiden ältlichen Kaninchendamen zu einem jähen Sprung nach vorne an und will mit erdbebenartigem Hinterpfotentrommelwirbel klarstellen, dass sie zuerst da gewesen sei. Also, das focht mich nicht an, diese alten Tanten waren ja sozusagen Personal. Solch unflätiges Volk hatten wir in Ostpreußen auch. Ich hab mich dann mal eine Woche lang ausgeschlafen, gut gegessen, und langsam kehrten meine Kräfte zurück. Jetzt war mal Zeit, Terrain abzustecken. Ich schritt also ins Wohnzimmer und ver-

brachte mich lang hingebreitet auf die Couch vor dem Fernseher. Die Menschen guckten nur kurz ein wenig komisch, also gab ich noch ein Maunzen von mir, übersetzt in etwa: »Wollen wir mal gemeinsam einen gemütlichen Abend verbringen.« Und sie haben es begriffen, schneller als erwartet, Menschen sind ja ungeheuer begriffsstutzig. Sie nahmen zu meinen Füßen auf dem Parkettboden Platz, ich legte der Menschin zierlich die Pfote auf die Schulter und hab sie einmal huldvoll angesehen. Menschen brauchen das, sie fühlen sich dann gut und angenommen. Ich war eingezogen und angekommen.

Anfangs habe ich ja wahnsinnig gerne ferngesehen, vor allem Tiersendungen. Vor allem Programme mit Vögeln, die dann irgendwo in dem Kasten verschwinden. Ich mich also obendrauf gelegt und auf die Beute gehauen. Die Menschen haben mich ausgelacht, also, das mögen wir Katzen ja gar nicht. Wir sind dann gezwungen, die Niederlage mit klassischen Übersprungshandlungen zu kaschieren: putzen, den eigenen Schwanz jagen. Wir hassen es wirklich, wenn man uns auslacht. Katzen, die Geschöpfe der Pharaonen, versagen nämlich nicht. Schon gar nicht, wenn man wie ich eine Edle, eine Gräfin, eine Baroness, eine Hoheit ist mit dem selbstverständlichen Auftreten des Landadels. Noblesse – und es kann sein, dass ich mich da wiederhole – ist keine Frage der Lebensumstände. Noblesse hat man, man muss sich einfach ein bisschen pflegen. Was ich auch tat, ausgiebigst! Die Hingabe ans Ich ist wichtig! Wenn sich diese Menschen doch nur einen Hauch davon gönnen würden! Aber sie bezichtigen sich dann gegenseitig der Eitelkeit. Uns sind solche Selbstzweifel fremd.

Dass ich etwas Besonderes bin, ein Geschöpf, dem man huldigen muss, das begriffen die Menschen schnell. Und sie verliehen mir einen adligen Namen, wobei ich nicht mehr so genau über die Namensbestandteile Auskunft geben kann. »Atze« stammte von einem kleinen Mädchen, das das »k« nicht aussprechen konnte, »Huber« von der Menschin, die eine Weile lang zu allen Katzen »Huber« sagte. Aber wie auch immer: Frau Mümmelmeier von Atzenhuber, das klingt – so viel Zeit muss sein!

Weil die Menschen sich im Rahmen ihrer beschränkten Möglichkeiten wirklich Mühe gaben, habe ich angefangen, sie behutsam ins Wesen der Katze einzuführen. Es ist natürlich eine Mär, dass wir treuloser sind als ein Hund. Wir können so einem Menschen durchaus tagelang auf Schritt und Tritt folgen und uns an seine Ferse heften. Wir setzen uns vor ihn, wenn er aufs Klo geht. Also, mein Mensch war dann etwas blockiert, wenn ich während des Vorgangs auf seinen Schoß sprang. Aber generell: Wenn der Mensch sitzt, sofort seinen Schoß belegen, das machen wir gerne. Aber wir entscheiden, Hunde sind ja erbärmliche Kreaturen, wer bitte nimmt ein Tier ernst, das ein halbes Jahr braucht, bis es stubenrein ist. Wir gehen von klein auf aufs Klo! Und wer möchte ein Tier souverän nennen, das von einem Menschen zum Scheißen vor die Tür geführt werden muss. Himmel!

Ganz entzückend war und ist ja die Sache mit dem Cappuccino. Da fragt sich die Menschin also lautstark, woher das verwahrloste Wesen vom Bauernhof – na, na, na! – das wusste, dass der Maschine gleich ein leckeres Getränk entsteigt. Bitte, das ist Urwissen, wir hatten in jenen grandiosen Zeiten in Ostpreußen natürlich auch schon Cappuccino. Immer wenn die Cappuccino-Maschine anlief, war ich da. Auf dem Esstisch. Das war ja auch niedlich, wie die Menschin so was wie einen Erziehungsversuch unternommen und mich mehrfach runtergeschubst hat. Es dauerte etwa drei Sekunden, bis ich wieder saß. In situ, die grünen Kullerchen auf die Maschine gerichtet. Sie gab auf, Menschen geben generell und ständig auf! Das Leben ist viel zu kurz für schlechte Getränke.

Ich verlange nach Milchschaum. Den bitte fest, einen Hauch von Illy dazu, und das Ganze dann nicht aus einer profanen Schale am Boden, sondern vom Finger. Das ist ja wohl das Mindeste, wenn man sich schon einen Menschen hält! So taucht die Menschin nun morgens den Finger in den Milchschaum, reicht ihn Portiönchen für Portiönchen an, ich setze mein entzückendes felliges Hinterteil auf eben jenen Teil der Zeitung, den sie gerade lesen will. Es ist unhöflich, in meinem Beisein Zeitung zu lesen! Ein schönes Ritual das alles, das ich nie verpasse. Auch wenn ich gerade mal draußen bin, beim ersten Aufdampfen der Maschine bin ich da.

KAPITEL 2

Herr Moebius von Atzenhuber kommt an

DIE MENSCHEN KAUERTEN also auf dem Boden in inniger Anbetung meiner reizenden Wenigkeit und erfreuten sich täglich daran, dass ich wuchs und gedieh. Ich bekam sogar ein kleines Bäuchlein. Was diese elend profane und lakonische Tierarztfreundin Silvi nur kurz kommentierte: Ist so, wenn Katzen Junge kriegen. Und da sagt doch meine Menschin: »Diese kleine Schlampe! Dieses Luder! Dem Tod gerade so von der Schippe gesprungen, unser Mitgefühl ausgenutzt und sich mit einem dahergelaufenen Kater vergessen haben! Pfui!« Na, na, na, was heißt da dahergelaufen, der war durchaus stattlich. Nun kamen harte Zeiten auf mich zu, weil die Menschen mich stündlich beäugten und belauerten, weil diesen Katzenneulingen die alten Besitzerhasen ja vermittelt hatten, dass Katzen vor der Niederkunft verschwinden, den Wurf verstecken und erst mit zwei Wochen alten

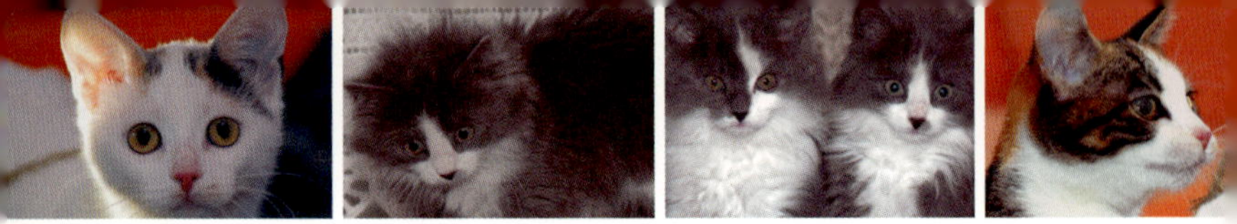

Kätzchen wieder auftauchen. Ja, ja, noch was aus dem weiten Reich der Mären! Ich verzupf mich doch nicht in irgend so einen Stadel!

Und dann war es so weit. Ich wartete extra eines schönen Morgens, bis der Mensch endlich erwacht war, wartete, bis er vom Klo zurückkam – Mensch, brauchte der lange; hab mir das Junge so lange verdrückt! –, bis ich dann auf seinem Kopfkissen und vor seinen schlaftränigen Augen gebar. Mein Sohn war schwarz-weiß, nass und blind. Die waren ja so was von entzückt und gerührt und so dankbar für das Vertrauen und hockten vor mir und starrten mich an, ob denn noch ein Geschwisterchen kommen möge. Nix kam, Herrschaftszeiten, ihr dämlichen Menschen, jetzt schaut mich nicht so an. Das ist ein Einzelkind, das ich natürlich auf dem Daunenkissen kriegte. Wo denn sonst? Ich quetsche mich doch nicht in so eine blöde Schublade!

Der nasse Schwarz-Weiße trocknete langsam, und die Menschen stopften die Bettseite zur Wand hin so aus, dass der Winzling nicht runterfallen möge. Als würde ich da nicht aufpassen! Sie bauten regelrechte Dämme zur vorderen Seite, die dem Assuanstaudamm zur Ehre gereicht hätten. Und dann verzogen sie sich in ein anderes Zimmer und anderes Bett. So hatten wir das aber nicht geplant. Es dauerte einige Minuten, bis ich auf ihren Magen

hopste und den Sohn federleicht ins »Gräbele« – sprachlich befinden wir uns immer noch bei Augsburg – zwischen die Menschen legte. Die waren entsetzt. Warum eigentlich, wir wollten doch alle in einem Bett schlafen?! Wollten die Menschen aber nicht. Na ja, gut: Was, wenn sich so ein dicker, schlafdamischer Mensch auf den Winzling rollt? Der Sohn und ich wurden zurückgetragen. Etwa zwölfmal in dieser Nacht. Dann haben sie es kapiert. Schließlich bauten sie eine Kiste mit Wolldecke auf, stellten sie neben das Bett, und die Menschin ließ die Hand hineinhängen. Das funktionierte.

Wir ruhten endlich alle. Außer mir: Ich habe diese Menschen lange betrachtet. Nun, wir würden erst mal bleiben, denn sie waren relativ brauchbar. Doof wie alle Menschen, aber für sie sollte endgültig ein lebenslanger Lernprozess beginnen. Wir Katzen setzen uns immer durch, als klüger wird man den Menschen erst dann bezeichnen, wenn er sich der Katze schnell und ohne Gegenwehr beugt. Wir sind eben perfekt, wir kriegen keine Pickel in der Jugend, keine Falten im Alter, unser Outfit sitzt immer. Muss ich mehr sagen?

Mein Sohn war zehn Tage alt, als er die Augen öffnete und merkwürdige Laute von sich gab. »Moep, moep, moep!« Deshalb hieß er plötzlich Herr Moebius. Nicht dass jemand meinen Menschen nun Bildung unterstellen wollte. Das hatte nichts mit den »Physikern« zu tun oder mit »Adelheid und ihren Mördern«. Gott hab sie selig, die Frau Möbius. Am Tage fünfzehn, die Menschin saß am PC, kam ich und hatte Moebius im Maul. Ich sprang auf

den Schreibtisch, legte ihn auf die Tastatur, warf ihr einen langen warnenden Blick zu und ging majestätisch, wie ich bin, zur Terrassentür. »Ich geh jetzt mal, pass du bloß gut auf.« Sie war etwas irritiert, aber wir Katzen haben Mechanismen, dumme verbohrte Zweibeiner zu verkatzeln. Sie begriff, und letztlich hab ich da schon Vertrauen zu ihr. Wenn sie aufpasst, dann passt sie gut auf.

Ich war zwei Stunden aus, hab so einiges im Revier markiert und fand es dann an der Zeit, wiederzukommen. Ich beäugte den Sohn, der auf ihrem Schoß schlief, prüfend, der sah gut aus. Also nahm ich ihn mit nach oben. Sie schaute mich an, als ob ich hätte Danke sagen sollen. Warum das denn? Warum ich?

Er wurde größer, und ich ließ ihn dann mal öfter unbeaufsichtigt im Obergeschoss. Unter uns Mädels, unter uns Katzenschwestern: Das war mein einziger Fehler, ich hätte damals schon wissen müssen, dass der Sohn ein bisschen ungeschickt ist. Und doof. Und tragisch. Bitte, welches Geschlecht hat er? Die Menschin saß mal wieder am Schreibtisch und schaute sinnentleert zum Fenster raus. Auf der Suche nach Inspiration. Ich war im Garten und sonnte mich. An meinem trägen Auge sauste etwas an der Hauswand vorbei. Es war schwarzweiß. Es flog in freiem Fall! Moebius! Dann raste sie aus der Terrassentür, sie hatte ihn wohl auch gesehen. Sie sah wohl schon einen zerschmetterten Kater, sie hatte wohl diesen Kloß im Magen, der wie ein eiskalter Frosch Richtung Speiseröhre steigt. Haben Menschen ja öfter. Als sie ihn erreicht hatte, blickte sie in begeisterte Kateraugen. Moebius' Minischwanz war steil aufgerichtet. Er rannte die Treppe wieder hoch, sie und ich hinterher, und ich bekam ihn gerade noch zu fassen, als er das Dachfenster für die zweite Runde entern wollte.

KAPITEL 3

Wir übersiedeln ins Oberbayerische

DAS SCHICKSAL oder besser und profaner die Berufswahl des Menschen wollte einen Umzug ins schöne Oberbayern. Es war Oktober, als die beiden anfingen, Kisten zu packen. Wir beobachteten, wie das alte Haus immer mehr an Möbeln verlor, bis es leer war. Moebius mussten die Menschen mehrfach aus Umzugskartons befreien, damit er nicht vor seiner Zeit umgezogen würde. Der Tiertransport war nämlich erst für den Folgetag anberaumt. Man stelle sich vor: Die ließen uns in einem dreckigen, leeren Haus zurück. Na ja, die Menschin kam abends zurück. Ich und der kleine Moebius lagen mit eingeklappter rechter Pfote – Katzen klappen immer eine Pfote ein – oben auf dem Kaninchenkäfig. Wir hatten uns mal mit den Tanten zusammengetan, denn diese alten Zicken würde sie ja wohl nicht auch zurücklassen wollen. Ich meine, Menschen sind letztlich unberechenbar, man weiß ja nie.

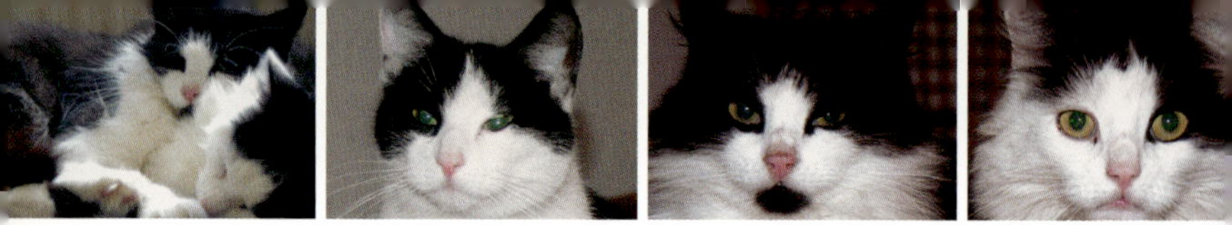

Aber am nächsten Tag setzte sie uns in eine dieser dämlichen Transportboxen, und wir fuhren achtzig Minuten. Kein Laut kam uns über die Schnauzen, wo wir sonst beim Autofahren ja Geräusche von uns geben, die ein Trommelfell sprengen können. Wir wissen natürlich, wie martialisch das klingt, dass die Menschen an Tierheim, Adoption oder Schlimmeres denken. Aber man muss ihnen einfach klarmachen, wie unwürdig so eine Box ist.

Wir kamen also an, die Menschen entließen uns in das Chaos, das wir geflissentlich ignorierten und stattdessen lieber ein bereits aufgebautes Bett bezogen und das taten, was wir Katzen am besten können: schlafen. Später marschierte ich durch die Räume, markierte mit dieser unnachahmlich eleganten Bewegung aus dem Nacken mit der Maulseite Möbel, Schuhe, Waden – und damit waren wir da.

Es war also die Zeit des Umzugs, der Neuorientierung. Eine Woche sperrten die Menschen uns ein, weil wir uns sonst verlaufen würden oder flüchten oder nie mehr wiederkommen. Bitte, wo hätten wir im kalten November denn hingehen sollen? Und dann öffnete sich die Tür. Wie gesagt: Es war November, erster Schnee hatte sich über die Welt gesenkt, und ich, gefolgt von Sohnemann, der so was Weißes ja noch nie gesehen hatte, galoppierte

Schnee jagend ins Nachbargrundstück. Die Menschin schickte besorgte Blicke hinterher, und dann trat *er* auf die Terrasse. *Er* war nicht groß und trug – es war November, um das nochmals zu wiederholen – eine kurze Hose und ein Schiesser Feinripp und schlurfte in Adiletten in meine Richtung. Und dann erhob er die Stimme. »Des is ja eine Katzenstraße hier in meinem Garten. Im Sommer, wenn dia in meine Beete scheißen, do hau i dia naus, dia Scheißviecher.« Sprach's in diesem grauenhaften proletarischen Bayerisch, drohte mit erhobener Faust in meine Richtung und ging wieder hinein, gefolgt von seiner Frau, die irgendwie versuchte, meinen Blick zu erhaschen.

Also, meine Menschin wäre ja sofort wieder ausgezogen. Ein Katzenhasser! Der Schlimmste von allen denkbaren Nachbarn. Aber wir Katzen haben da andere Methoden. Gemach, sage ich, gemach. Ich dotzte natürlich die nächsten Wochen immer in dieses Grundstück anstatt in die leere Weite einer Bauernwiese hinterm Haus. Konfrontationstherapie, sag ich nur. Wir springen auch immer den Menschen auf den Schoß, die keine Katzen mögen, und besonders gerne den Allergikern. Die niesen dann immer so niedlich und werden so luftarm.

Es wurde Weihnachten, das Fest der Liebe, und meine Menschen (Schleimer!) beschlossen, Wein bei den Nachbarn zu verteilen. Hallo, wir sind die

Neuen. Auch beim Katzenhasser! Also, die Menschin war ja dagegen, entschieden! Sie läuteten trotzdem, und *er* kam, in kurzer Hose und Feinripp und Adiletten, und bat die Menschen herein. Sie betraten die winzige, total von einem Bullerofen überheizte Küche, und den Gesichtsausdruck der Menschen werde ich nie mehr vergessen. Ich lag da längst brettlesbreit auf dem Küchentisch! Ich, Baronin Mümmelmeier von Atzenhuber. Menschen hat man, so wie man sie sich zieht.

Hier hieß ich Maunzele – na ja, gut, damit kann man notfalls leben – seit etwa zwei Wochen, die ich nun aus und ein ging. Als die schönste und klügste und drolligste Katze der nördlichen Hemisphäre. In der Südlichen kannte *er* sich nicht so aus. Und seine Frau und Tochter und Freunde und das ganze Dorf schworen beim Leben all ihrer Anverwandten und bei allen Heiligen und Seligen (!), dass es ein Wunder sei. Das Wunder von Oberhausen im Pfaffenwinkel. Eine Bekehrung. Er hatte Katzen gehasst, zeitlebens. Bis er eben mich kennengelernt hatte. Diva, Schönheit, Edle von und zu Atzenhuber.

Nun, das ließ sich recht gut an, ich war die meiste Zeit drüben. Die hatten nämlich besser geheizt als meine knickrigen Menschen. Er vor allem, dieses Sparbrötchen! Und sie hatte wohl mal gehört, dass es gesünder sei, Räume nicht zu überheizen, also saß sie bei polaren achtzehn Grad mit zwei Fleecepullis am PC. Heiß ist es etwa ab fünfundvierzig Grad, vorher nicht, aber sie kommt ja aus dem Allgäu, wo die Menschen so penetrant fröhlich den Schnee feiern. Jedenfalls war es drüben dank Bulleröfen und winziger Räume immer um die vierzig Grad warm, und er war ja auch Rentner. Ich liebe Senioren! Liegen den ganzen Tag rum. Er hatte dann auch noch Hüftprobleme und kränkelte auch sonst gerne – unter uns, ein kleiner Hypochonder, der seiner Frau und Tochter sein Leiden gerne ein bisschen unter die Nasen rieb. Aber wer viel liegt, bietet viel Fläche zum Draufliegen. Er hat dann auch des Öfteren seine Arzttermine abgesagt, weil ich so nett geschlafen habe. So ist es recht, guter Mann!

Moebius traute sich auch allmählich nach drüben, allerdings nur auf einen Kissenstapel, der Senior war mein Liegeplatz. Aber Moebius war gerne gesehen, vielleicht weil er immer diesen leicht entrückten Gesichtsausdruck hatte. Was den stämmigen Körperbau und den Katerschädel betraf, hat er sich gut entwickelt, er war aber sonst leider tiefergelegt. Mit langen Beinen wäre er durchaus als imposant zu bezeichnen, so war er eben ein Puschel mit Bauchbodenkontakt. Nach und nach kamen andere Katzen bei uns vorbei: It's a new kid in town …

Und dann mein Sohn, wie peinlich! Tief beseelt vom Pazifistentum, begrüßte er alle Besucher freundlich, Nasenstüber, Anus abgerochen, gemeinsam einen Gummistiefel vor der Tür markiert – alles paletti. Also so schnell kann man sich nicht gemeinmachen mit dem Volk! Ich erst mal raus, und mit diesem Langhaar gesegnet, kann ich selbiges überaus imposant aufrichten und fauchen, dass die Tiger von Siegfried und Roy Waisenkätzchen dagegen sind. Nur an Mausi biss ich mir die Zähne aus. Mausi war siebzehn, hier geboren, immer schon hier gewesen, seit Katzengedenken, mit Pfaffenwinkler Vorfahren bis zu den Kreuzrittern – oder so! Jedenfalls eine Schlampe, die doch allen Ernstes sagte, sie weiche keiner dahergelaufenen schwäbischen Ostpreußin. Ha!

So saßen wir uns tagelang mit einem Meter Abstand gegenüber und schrien uns an, jaulten und wehklagten in Tonlagen, die nicht aus der Menschenwelt waren. Die Menschen rundum waren je nach Gemütslage davon amüsiert bis hoch genervt, vor allem jene, die ihren Nachtschlaf brauchten. Am Tage fünf endete das höllische Konzert: Ich gab nicht etwa auf, ich hatte lediglich Probleme mit meinen Stimmbändern, und wie ich sage: Gemach. Zwei Jahre später starb Mausi, nun war ich Herrscherin der Straße und der darunter und darüber. Na ja, aller Straßen, der Croisette, der Champs-Élysées, der Ramblas, des Hollywood Boulevards und so weiter.

Und Moebius, nun ja, sprechen wir es tapfer aus, trat auch fürderhin nicht gerade als Hüter von Haus und Hof in Erscheinung. Vielmehr lud er Freunde ein, die unsere Näpfe leer fraßen oder im Keller saßen und warteten. »Darf der Moebius zum Spielen kommen? Och bitte, es ist doch noch gar nicht spät.« Ja, mein Moebius schwulte rum und ödipalte hinter meinem aufgerichteten Nackenfell. Mama wird's schon richten. Tat ich auch bis zuletzt. Was jede Mutter eben tut.

Was die Menschen weniger gut fanden, waren die Duftmarken von Moepi und seinen Kumpels. Also sollte Moepi ein Kastrat werden. Wurde er auch, und man weiß ja landauf, landab, dass Kastration bei Katern eher

Kasperletheater ist, Männer aber anders leiden. Moepi war zwei geschlagene Tage beleidigt. So beleidigt, dass er sich zu den Tanten in den Käfig legte. »Das sind die Einzigen in dem Haushalt, auf die Verlass ist.« Frau Bösl und Frau Hrdlicka, diese alten Jungfern, hatten Mitleid, zwei Tage lang, dann klopfte Frau Hrdlicka den kategorischen Imperativ: »Katzenkastrat, verlass meine Burg!« Moepi trollte sich und »entete« nur noch zwei weitere Tage. Das »Enten« ist bei uns Katzen nie ein gutes Zeichen. Wir klemmen die Vorderpfoten unter den Körper und starren angewidert.

Aber dann bekam er Hunger, und alles wurde gut. Er markiert übrigens immer noch, seine (unkastrierten) Kumpels erst recht, sein Radius ist kaum größer als meiner, und bevor er kämpft, rennt er. Heim zu Mama!

KAPITEL 4

Besucher sind wie Fisch, am dritten Tag werden sie schlecht

NUR WEIL WIR SO KOOPERATIV waren, glaubten unsere Menschen nun, sie hätten Ahnung von Katzen, und plötzlich galten sie als Fachleute. Und wurden gefragt, ob sie nicht eine arme Katzendame aufnehmen könnten. Eine junge Mutter aus einem Stadel, deren Kinder zwar vermittelt worden waren, die selbst aber ein gutes Platzerl brauche. Wenn es die bayerischen Menschen besonders nachdrücklich machen wollen, dann sagen sie »Platzerl«, wahrscheinlich, weil sie alle auf dem ORF diese »Wer will mich«-Sendung gesehen haben. Wo all »die Katzerl« so »arme Viecherl« waren und die resolute ältere Dame klare Weisheiten ausgesprochen hatte. »Denkt an eure Tiere, wenn ihr heiratet. Überlegt euch das gut, sonst werden sie Scheidungswaisen.« Genau, und wer früher stirbt, ist nicht bloß länger tot, sondern hinterlässt ein heimatloses Tier. Die Erben

wollen ja meist nur die Kohle, aber selten Fiffi oder Mausimiezi.

Ja, diese Dame hätte ein Denkmal verdient. Lange bevor auf allen anderen Sendern diese Wer-will-mich-Tiere-suchen-ein-Zuhause-Sendungen liefen, bei denen der Schmalz nur so aus dem TV-Kasten trieft. Frau Klinger war das nie erreichte Original. Was ich auch gar nicht schätze, sind diese Rubriken in den Zeitungen, wo besonders arme Tiere abgebildet sind – ich lege mich jedes Mal auf den Tiermarkt, damit die Menschin das nicht liest mit ihrem großen Herz. Aber diese Stadeldame hat er angenommen, ließ er sich im Büro aufschwatzen, der dumme Mensch.

Und da war sie dann, Fräulein Einstein, auch da wollten die Menschen wohl besonders spaßig sein. Vielleicht war das auch Ironie, denn ein Einstein war sie eben nicht. Wir nahmen sie auf, ohne groß mit ihr zu reden, sie war eben da, eine kleine getigerte Stadelschlampe, eine Allerweltskatze, und ich sage es erneut: Gemach. Sie hat erst mal Kräfte gesammelt und gut gegessen. Zudem war sie ein Teppichluder. Jeder Versuch der Menschin, einen Fleckerlteppich akkurat auszulegen, scheiterte an diesem Tier. Sie stürzte sich auf die Fransen, und dann bekämpfte sie den Teppich mit Hinterpfotentrommelwirbel, bis nur noch ein Knäuel übrig war. Das war der Sieg für Einstein, und dann packte sie

den nächsten. Das Haus war voll von Stolperfallen für ungeschickte, halb blinde Menschen, seit sie da war!

Aber Teppiche waren ihr nicht genug, dann begann sie auszubleiben. Nun hatte die Menschin ja den Wahn, dass wir abends rein und mindestens dreimal am Tag zum Appell antreten müssen. Damit sie sehen konnte, ob wir alle vier Pfoten noch dranhaben. Wir hielten uns weitgehend an die Anweisung, ich sowieso, denn ich war maximal drüben und wurde abends entweder abgeholt oder angeliefert. Was soll ich mir zwischen zwei Häusern die Pfoten schmutzig machen, wenn es einen Lieferservice gibt?

Fräulein Einstein aber blieb aus, die Menschin hat sie oft stundenlang gesucht, manchmal auch gefunden und mit dem Auto heimgebracht. Wir hatten einfach keinen Draht zu ihr, und je länger sie weg war, desto weniger konnten wir mit ihr kommunizieren. Sie roch auch seltsam, wir Katzen akzeptieren nur jene, die denselben Stallgeruch haben. Sie hat auch ein-, zweimal unflätige Bemerkungen gemacht, da hab ich sie verprügelt, und dann hieß es bei der Menschin, ich würde sie aus dem Haus treiben. Ich würde mich nicht mit ihr verstehen. Einmal Stadelschlampe, immer Stadelschlampe, die hatte das drin, sie war ein Tramp. Jedenfalls wurde für sie ein neuer Platz gesucht, wir atmeten auf. Da ist sie anscheinend auch nicht geblieben, sondern hat sich mit so einer Familie solidarisiert, die im Wohnwagen lebte. Wie gesagt, sie war eine Zigeunerin.

Erst mal war Ruhe und Staatstrauer, weil die Menschin es als persönliches Versagen empfunden hatte, dass diese Einstein nicht bei uns bleiben wollte. Du kannst eine Persönlichkeit nicht ändern, aber das sehen Menschen ja nie ein. Das versuchen sie bei ihresgleichen ja ohne Erfolg immer und überall. Sie sollten ihresgleichen mal so nehmen, wie sie sind, andere Menschen gibt es nämlich nicht. Eine instinktlose Spezies wie der Mensch kann sich doch am allerwenigsten ändern. Wenn die Menschen das begreifen würden, dann gäbe es weniger Scheidungen und definitiv weniger Scheidungsfiffis und Trennungsmausimiezis.

Anyway, wie der Engländer sagt – wir hatten in Ostpreußen ja öfter mal internationale Gäste –, wir waren wieder das bewährte Duo. Gut, es gab den Kellerkater oder Grey Owl, einen alten Kater, mit dem ich ab und zu … Na, Sie wissen schon, Kastration schützt vor der Empfängnis, Spaß darf man trotzdem haben, oder? Da war auch noch der Red Rooster, alles Katzen, die bei uns zu essen bekamen. Wenn von denen die eine oder andere ganz eingezogen wäre, von mir aus! Aber wie schon erwähnt, echte Outdoor-Streuner haben das im Blut, die schließen sich nicht mehr an Menschen an. Magen voll? Gut und Abzug bis zur nächsten Hungerattacke.

Eines schönen Tages kam aber er. Er kam einfach rein, fraß die Näpfe leer und blieb sitzen. Blieb einfach sitzen. Er war ein stattlicher Kater, wirklich ein schicker, das muss ich ja zugeben. Das Problem war bloß, dass die Menschen das auch merkten und sich gleich in ihn verliebten. Ja, Dutzi-Dutzi, bist du ein Schöner. Ja, wo kommst du denn her? Ja was? Vom Himmel war er nicht gefallen, sondern auf vier Pfoten herangetrabt. Er war eine Gefahr, eine echte Gefahr, denn er machte keine Anstalten zu weichen. Ich hab ihn mehrfach verprügelt, er hat sich kaum gewehrt, gewartet, bis die Attacke abgeflaut war, und sich dann auf die Gästeklappcouch im Obergeschoss gelegt. Gut, nicht mein bevorzugter Platz, da konnte er bleiben. Moepi hat ihn richtig angeschmachtet, alte Schwuchtel, die!

Moepi hat ihn auch mal befragt, wo er denn herkäme. Nun, seine Menschen waren in Urlaub gefahren und hatten ihn bei der Schwiegermutter abgegeben. Da hatte es ihm aber nicht gefallen, geruchlich und vom Ambiente her – und da ist er abgehauen. Bloß hatte er keine Ahnung, wo er war. Na, Schlaumeier, männlicher! Wenn seine Menschen ihn auf den Katzensitterplatz mit dem Auto gefahren haben, wird das kaum so nah gewesen sein, dass man heimtraben kann.

Es sah so aus, als würde der bei uns bleiben. Sie nannten ihn Sam. Wenigstens ohne von Findelheim oder Fundhausen oder so.

Ich habe die Menschen natürlich darin bestärkt, überall rumzufragen, wo denn so ein schöner Kater abginge. So ein schöner Kater müsse doch vermisst werden? Gebetsmühlenartig kam dieses »schöner Kater«. Außer mir ist im Orbit keiner und keine schön, höchstens ganz ansehnlich. Und dann, nach sechs Wochen, kam ein Anruf. Die Menschin hatte ja »Wer vermisst ach so schönen Kater?«-Zettel aufgehängt, und nun kam tatsächlich eine Rückmeldung. Aber erst nach sechs Wochen? Nun, des Rätsels Lösung war, dass die urlaubenden Menschen aus einer ganz anderen Stadt stammten und die Schwiegermutter nur selten das Haus verließ und erst viel später den Zettel am Dorfladen entdeckt hatte.

Und dann, was glauben Sie? Die Menschin wollte Beweise, ob das wirklich die Besitzer sind! Gib den doch mit, gib ihn irgendjemandem mit, Hauptsache, er ist weiter, hätte ich rufen wollen.

Diese anderen Menschen kamen dann mit Fotos – eindeutig er. Und er? Er hörte oben auf der Couch die bekannten Stimmen, kam angesaust, umschnurrte deren Beine, was für eine Freude. Die Menschen waren alle zu Tränen gerührt. Wie albern! Als er dann gerade ins Auto eingeladen werden soll, blickt er nochmals zurück. Im Zorn, im Racherausch. Er gab mir ein paar derartige Watschen, dass mir heute noch ganz schwindlig wird. Was er mir zugezischt hat, möchte ich nicht wiederholen, aber das wollte er sich noch gönnen: sich für all die Prügel, die er eingesteckt hatte, zu rächen. Dann marschierte er erhobenen Schwanzes hinaus!

KAPITEL 5

Ich bin dann mal weg

ICH VERTRAGE KEIN TROCKENFUTTER, aber manchmal überkommt es mich dann. Wenn ich mir Selbiges dann bis zum Anschlag reingestopft habe, muss ich leider kotzen. Natürlich nicht auf die leicht abwischbaren Bodenfliesen, sondern auf die Fleckerlteppiche. Ich sitze gerne weich, gerade wenn ich mich unwohl fühle.

Jedenfalls hat die Menschin dann rumgemault, ich wisse doch, dass ich kein Trockenfutter vertrage. Na hören Sie mal: Sie weiß auch, dass sie von Schokolade fett wird und dass sie am nächsten Tag wie ein Zombie rumläuft, wenn sie am Vorabend wieder mal einen Wein zu viel hatte. Lernt sie daraus? Nein!

Jedenfalls war ich in keiner guten Stimmung und bin ein bisschen auf der Parallelstraße umhergestreift, und da roch es unheimlich interessant. Der Geruch kam aus einem Auto, ich also rein und

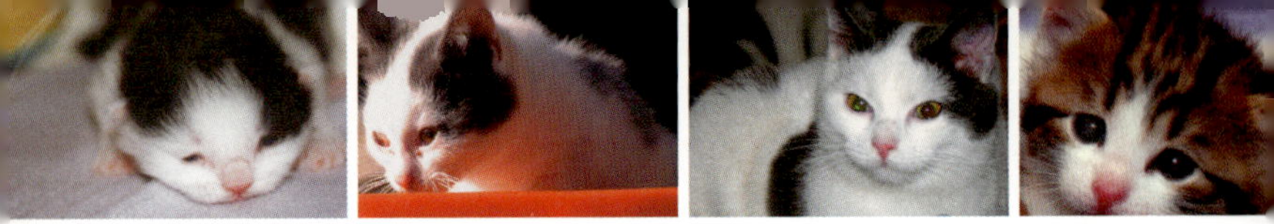

mal Witterung aufgenommen. Wir Katzen haben einfach ein paar klitzekleine Schwächen, und die sind nun mal Kartons und Körbe, dazu möchte ich später noch einige Sätze verlieren, dann Teppiche, bei denen wir es einfach nicht ertragen, dass sie plan aufliegen. Wir setzen außerdem unsere entzückenden felligen Hinterteile auf eben alle Bücher, Zeitungen und Zeitschriften, die der Mensch gerade lesen will. Das ist wie ein Zwang! Und dann ist da eben noch die Sache mit den Autos. Wir müssen in fremde Autos einsteigen, es überkommt uns einfach.

Da wundern sich die Menschen dann in ihrer bekannten exaltierten Art, dass wir uns mit Krallen und Pfoten wehren, wenn's zum Tierarzt geht, aber sonst freiwillig in Autos reinhüpfen. Liebe Leute, wir wissen natürlich, wenn es zum Tierarzt geht, die Panik, dass wir nicht in die Transportbox gehen, die dünsten Menschen ja schon am Vortag aus. Das kann jede Katze riechen.

Ich also rein in das Auto, so ein Van oder wie man die nennt, und plötzlich höre ich Stimmen. Die dazugehörigen Menschen rochen komisch, ich also lieber mal in Deckung, und dann fuhren sie los! Ziemlich lange, wie mir das vorkam, und als sie angehalten haben, bin ich raus wie ein geölter Blitz. Tja, hier war ich noch nie. Ich trabte mal los, aber da war nun wirklich nichts Bekanntes zu er-

schnüffeln. Hunger hatte ich auch, nach der Übelkeitsattacke war mein Magen ja ziemlich leer. Nun muss ich sagen, ich jage nicht, das ist mir zu anstrengend, zudem macht man sich schmutzig, und ich finde die Jagd einfach proletarisch. Ich war gezwungen, mir eine Maus zu fangen, ekliger Geschmack, Mäuse werden bei der Katzenernährung wirklich überbewertet.

Nun war es eben November und wurde unangenehm nasskalt, und ich bin wirklich nicht die Katze für den Bordstein. Ich zog also durch ein Wohnviertel, ein besseres als das meiner Menschen, traf einen Kater, der mir immerhin mal die Auskunft gab, dass ich in Murnau sei. Er hätte mich ja eingeladen, er wohnte in einer weißen Architektenvilla, in so einem protzigen Architekturfurunkel, der von Geld, aber wenig Geschmack zeugte. Seine Menschen verjagten mich aber, mich!

So was ist mir ja noch nie passiert, ich war fast ein wenig melancholisch und hatte wirklich Hunger. In einem der Nachbarhäuser, nicht ganz so protzig, aber auch nicht klein, machte ich eine Katzenklappe aus. Ich lehne es ja normalerweise kategorisch ab, durch Katzenklappen zu gehen, die Menschen sollen mir gefälligst den Haupteingang öffnen. Aber in Notfällen heiligt der Zweck die Mittel, und ich hab mal mit der Pfote probiert, ob ich wohl eintreten könnte. Die Klappe klappte, und ich durchschritt ein Wohnzimmer, das recht gediegen war. Ich erreichte eine Küche, und die Hausfrau war etwas überrascht. Ich nahm gleich mal auf der Eckbank Platz, um erst gar keinen

Zweifel aufkommen zu lassen, dass ich bleibe. Ich begann, mich zu putzen, was Menschen ja immer sehr niedlich finden, so was kommt gut an. Die Hausfrau schnitt mir erst mal Wurst auf, das ließ sich ja recht ordentlich an. Mittags kamen Zwillinge aus der Schule, und die waren hellauf begeistert. Sie niesten vor Begeisterung. Menschen sagen Katzenhaarallergie dazu!

Nicht gut, gar nicht gut, da lief was unrund! Es gab Heulen und Zähneknirschen, und die Hausfrau befand, dass ich erst mal zur Oma im Nachbarhaus solle, auch gut, Senioren sind mir sowieso lieber, Kinder werden ja auch überbewertet. Man kaufte mir Whiskas, und ich beschloss, mal etwas Schlaf nachzuholen, man würde sehen. Gemach, die würden mich doch suchen?

Ich meine, die Menschin hat mich immer gesucht, wenn ich länger als einige Stunden ausblieb. Einmal war ich beim Nachbarn im Keller eingesperrt, und der Trottel schwor, er hätte diesen Raum zum letzten Mal kurz nach dem Dreißigjährigen

Krieg geöffnet. Quatsch! Am Morgen hatte er ihn offen, Menschen haben ein Gedächtnis wie ein Sieb! Da ist die Menschin aber penetrant, sie hat drauf bestanden, jede auch noch so kleine Luke zu öffnen, und siehe: Da lag ich auf einem alten Teppich. Die Pfoten adrett übereinandergeschlagen, ich weiß schon: Andere randalieren und schreien ganz erbärmlich. Ich warte einfach, mag sein, dass das uneffektiv ist, aber Lärm ist unwürdig. Ich echauffiere mich nicht, das ist gegen meine Erziehung. Diametral gegen meine ostpreußische Erziehung. Moepi, der randalierte stets, wenn er in der Garage des Nachbarn eingesperrt war. Und das kam mindestens einmal im Monat vor, Männer sind lernresistent.

Was nun kommt, kann ich nur aus zweiter Hand, aus Moepis Erzählungen weitergeben. Zu Hause müssen sie wirklich komplett aus dem kleinen Häuschen gewesen sein. Sie hatten den ganzen Ort durchsucht, Zettel aufgehängt und sich betrunken. Vor allem der Senior war wohl ähnlich verzweifelt wie beim Tod seiner Mutter. Er hat nur zweimal im Leben Tränen vergossen: wegen ihr und wegen meines Verschwindens. Sie ertranken in Trauer und Wein, und als alles Saufen nach einer Woche auch

nichts half, hat sich die Journaille eben doch auf ihre Kernkompetenz besonnen und eine Anzeige aufgegeben. Mit Bild! Die in Murnau haben mich erkannt und angerufen. Die Menschin war gerade in Italien und hing im Nebel an Mailands Airport fest, als der Anruf kam. Der Mensch rief sie an und lallte, dass ich gefunden sei. Sie heulte dann wohl gleich noch in Italien los, und mir war auch zum Heulen, denn der Auftritt des Menschen war ja so was von peinlich gewesen.

Wie jeden Abend war er drüben beim Senior gesessen und hatte Trauerarbeit mit ganz viel Wein geleistet. Und dann der Anruf! Er ist sturztrunken nach Murnau gefahren, das waren immerhin fünfzehn Kilometer, und hat bei meiner Leihfamilie geläutet. Im Suff schlug er halb auf die Treppe auf, also ich hätte dem keine Katze gegeben. Er konnte

aber wohl glaubhaft machen, dass ich zu ihm gehöre, und wir sind gefahren. Die Menschin kam dann spätnachts auch noch retour, und dann saßen sie alle um mich rum, die Menschen, der Senior, seine Frau und die Tochter, und haben geflennt. Vor Freude. Peinlich, oder? Ich meine, ich hatte mich wohnlagetechnisch und was das Ambiente betrifft in Murnau mit Berg- und Moorblick schon verbessert, aber ich freute mich doch, die alten Pappnasen alle wiederzusehen. Und den Moepi. Der wollte gleich schmusen und reden. Aber ich war einfach noch nicht so weit. Ich hab mich auf einen Stuhl im Büro gelegt und ihm kurz auf die Nase gehauen: »Frag nicht, frag jetzt nicht.« Ich hab dann erst mal eine Woche geschlafen, und als ich den Eindruck hatte, ich hätte meine Reise nun wirklich nachhaltig verarbeitet, bin ich zum Tagesgeschäft übergegangen. Hab Moepi von der Couch und vom Bauch des Menschen gejagt und meine Wiederankunft untermauert. Moepi hat sich wieder auf sein Pupskissen gelegt, die Menschin auf den Boden. Alles wie immer, alles auf Anfang.

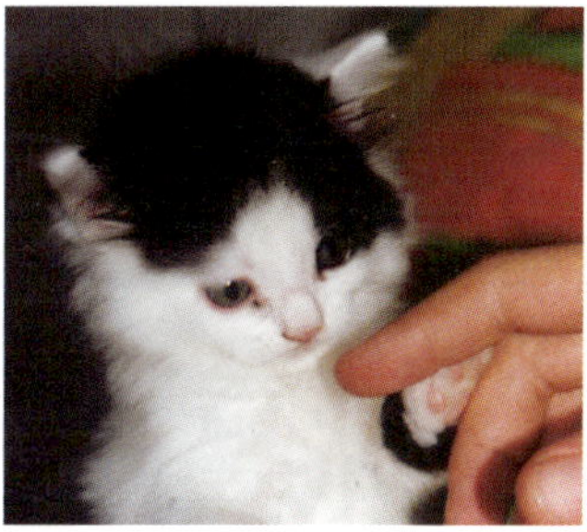

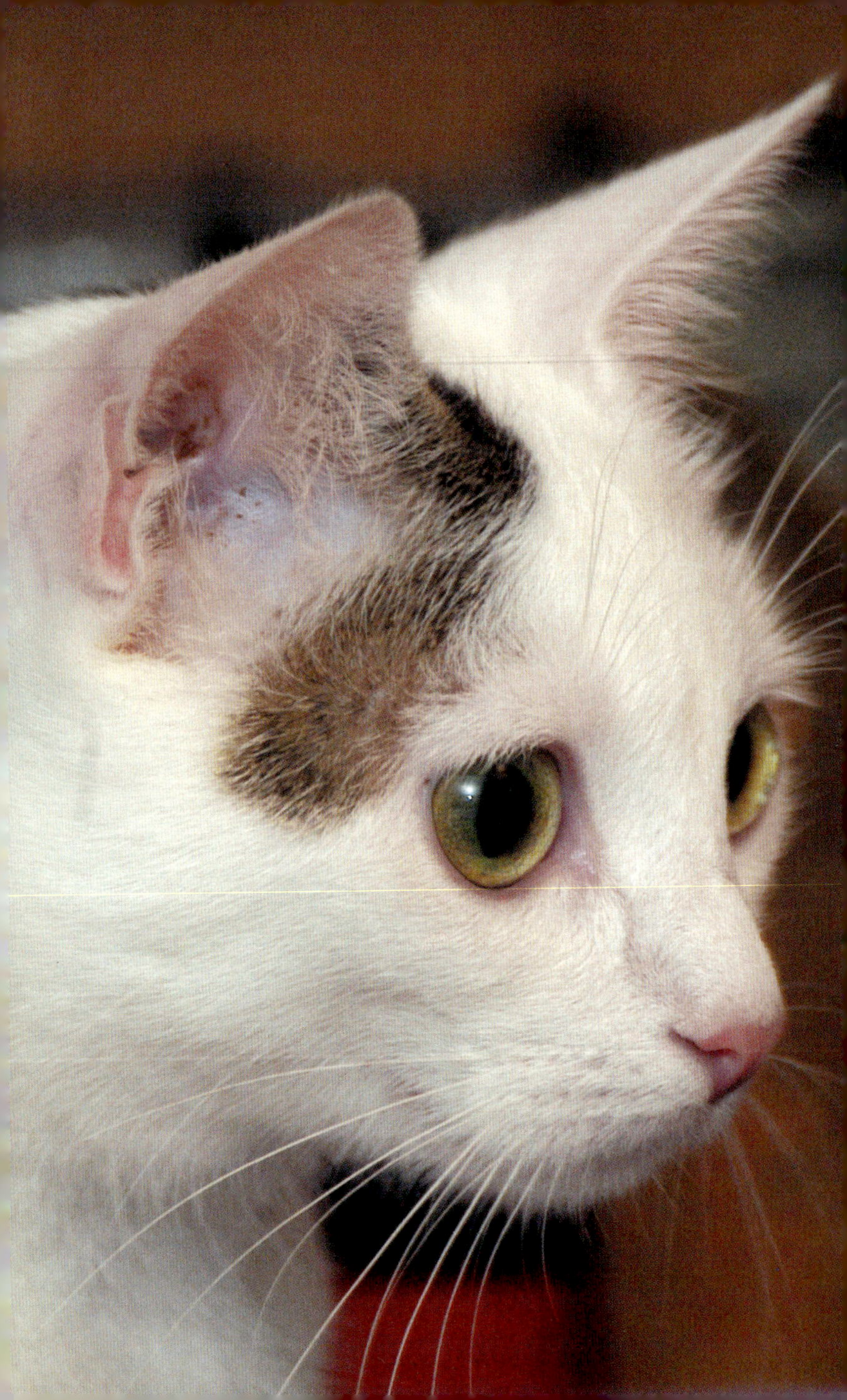

KAPITEL 6

Bianchi von Grabenstätt verlässt den Graben

UNSERE KURZZEITBESUCHER waren aber nur die Ruhe vor dem Sturm. Vor einem Orkan namens Grabenstätt. Ich stelle sie immer als etwas »farbschwach« vor, wie anders hätte man diese Färbung auch beschreiben können? Zur reinweißen Catsan-Katze hat es ja nun nicht gereicht. Bianchi hat einen Ringelschwanz, einen Tigerfleck am Hinterkopf, noch einen am Rücken und überm Auge. Eine Nachbarin der Menschen hat mal im Brustton der Überzeugung gesagt: »Ei, is dia schiach!« So was trifft, das verletzt. Ich meine, anfangs mochte ich sie wirklich nicht, aber immerhin sind wir ein Team, ein Haushalt. Bianchi ist nicht schiach, Bianchi ist eher individuell.

Von den Menschen bekam sie diesen einen Tick mehr Herzblut als wir anderen, weil sie so was von einer Unglückskatze war. Gut, als wir schwere Zeiten hatten, wurde sich auch gekümmert. Jedenfalls

ist sie die teuerste Katze der westlichen Hemisphäre. Diverse Tierärzte sind seit Bianchis Behandlungen immer noch auf Mauritius und scheinen nicht zurückkommen zu wollen!

An Bianchi ist schon wieder ein Pferd schuld. Eine der Koppeln des Feldherrn der Menschen grenzt an eine Straße an, die zwar echt nebensträßlich und nebensächlich ist, die aber die Landjugend zu echten Rennduellen herausfordert. In Ermangelung von Profitechnik und Profifahrzeugen – je tiefergelegt die Autos, desto ländlicher die Bevölkerung – rasen sie in die Koppel und demolieren dabei jedes Mal den Elektrozaun. Als der Feldherr namens Sepp den wieder einmal reparierte, hörte er auf der anderen Straßenseite elendes Wimmern. Der Menschin erzählte er davon erst einen Tag später. Er hätte es wissen müssen! Hätte sie Blaulicht gehabt, wäre die Katzenrettungspatrouille noch schneller am Ziel gewesen. Sie schleuderte an die Straßenseite und stürzte hinaus in den Regen.

»Dia is längst verreckt!«, kam's wenig einfühlsam vom Feldherrn. Nochmals: Bauernschädel!

Sie war aber nicht verreckt: Sie war klein, nass, elend und nicht gerade hübsch. Ihre Augen waren verklebt, ein riesiger Zeck saß in ihrem Ohr. Also, so hat uns das Bianchi erzählt, und dass sie gewusst hat, dass es nun drauf ankommt. Die Menschin hat

sie unter ihre Jacke gestopft, und Bianchi hat augenblicklich zu schnurren begonnen. Menschen sind dann so was von gerührt! Damit war dieses farbschwache Pfingstferienopfer in unser aller Leben getreten.

Bianchi wurde sie getauft, weil sie fast weiß ist und am letzten Tag der Tour de France gefunden worden war (damals war Jan Ullrich im Team Bianchi). Bitte fragen Sie nicht nach den Hirnwindungen meiner Menschin! Von Grabenstätt, weil sie aus einem Graben stammt, das ist ja wieder logisch. Die Katzenrettungspatrouille sauste jedenfalls mit Tatütata zur Tierärztin des Vertrauens – wieder dieses hoffnungsfrohe Flackern in den Augen in Erwartung von Mauritius und Co. –, die impfte und päppelte und Hoffnung aufs Überleben aussprach. Bianchi schnurrte weiter. »Hat sie denn schon eine Adresse?«, fragte die Tierärztin, wohl dessen gewahr, dass arme elende Fundtiere erst mal umsonst behandelt werden müssten. Und natürlich, unsere Menschin sprach es dämlicherweise aus: »Natürlich hat sie eine Adresse!«

Die Menschen bekamen Tabletten und Augentropfen und gute Worte mit auf den Weg und wurden immer stiller. Erzählte Bianchi. Sie haben sich unterhalten, wie sie es uns beibringen sollten, dass da noch eine einzieht. Bei Moebius, der ödipalen Schwuchtel, waren sie wohl ganz guter Dinge, der würde sie wahrscheinlich ignorieren. Aber bei mir, der Herrscherin eines ganzen Universums, waren sie unsicher. Gut so, Respekt ist vonnöten!

Die Menschen verschanzten sich in der Küche mit dem Ding, damit ich das nicht merkte. Du lieber Himmel, Menschen haben einfach keine Ahnung. Menschen haben zwei der wichtigsten Sinne verloren: Instinkt und Geruchssinn. Natürlich wusste ich, dass da etwas Katziges in der Küche war, wir können das riechen, und das schlechte Gewissen von euch Menschen riechen wir auch. Und wie sie dann immer ganz schnell die Tür geschlossen haben, herrlich! So nach einer Woche ging die Tür auf, und ich konnte das ganze Elend ausmachen, na, die sah vielleicht aus mit ihren vertränten Augen, und dann diese Nichtfarbe. Ich also da mal rein, eine Runde gefaucht, Moepi hinter mir, der hätte sich ja gleich mit ihr solidarisiert, aber ein bisschen Show musste sein. Wir fauchten also eine Woche hin und her, und dann konnte ich es nicht mehr mit ansehen, ich hab sie geputzt, ist ja peinlich, so eine angeschmutzte Mitbewohnerin.

Sie hatte ein Faible für Brotkörbe, und solange sie dann neben Moepi in Korb zwei liegen durfte, war sie recht zufrieden. Manchmal hab ich sie auch zu mir auf den blauen Sessel eingeladen, bisschen kuscheln, man will ja nicht so sein, außerdem konnte ich sie dann öfter putzen, denn das hatte sie wahrlich nötig.

Und dann kam der historische Moment, als Bianchi erstmals hinaus in die Weite der Welt entlassen werden sollte. Die Menschen natürlich wieder total panisch, ob sie wohl wiederkommen würde. Ja, wo hätte sie denn hingehen sollen, wenn's Kost und Logis gibt und eine Kosmetikerin wie mich!

Das ging dann einige Wochen recht gut, bis Bianchi – sie erzählt uns auch nicht, was eigentlich passiert ist – sich den Bauch aufschnitt. Von der Brust bis zu den Hinterbeinen. Sie legte sich ins Bett der Menschin und schnurrte. Das tun wir gerne mal zur Beruhigung. Ich habe das leider nicht sofort mitgekriegt – war gerade bei meinem Nachbarn –, sonst hätte ich Alarm geschlagen. Sie lag einfach nur da, und die Menschin hat sie in einer Blutlache gefunden. Na, da war was los! Ab in die Tierklinik, wo sie Bianchi zusammengeflickt haben. Aber Bianchi hatte natürlich nichts Besseres zu tun, als sich die Fäden zu ziehen. Wieder ab in die Tierklinik, dann kam

sie wieder wie ein Paket verschnürt, wie in »Die Mumie ist zurück«. Mit dem Verband konnte sie nicht mal mehr gehen. Die Menschin hat sie dann zur Beruhigung mit ins Bett genommen, aber die Mumie wollte sich nicht beruhigen.

Also wieder in die Tierklinik – ich erinnere an die Mauritius-Urlaube –, und dann kam sie mit so einem Plastikkragen wieder. Man soll ja nicht lachen, aber diesen schnellen Wechsel von der Mumie zur Außerirdischen muss man erst mal wegstecken. Sie konnte sich selbst mit dem Kragen dermaßen dreidimensional verwinden, dass es ihr erneut gelang, die Fäden zu ziehen. Genau, Sie ahnen es: Tierklinik, Nähte ausbessern und dann ein Kragen groß wie ein Gastronomiesonnenschirm. Mit dem Kragen konnte sie sich nicht mehr über die Futterschale stülpen, und die Menschin hat sie dann mit dem Löffelchen gefüttert. Das ging drei Wochen so, bis sie endlich wieder zugewachsen war.

Nun, es ergab sich, dass diese ganze Unglücksserie in die Zeit der Reifung fiel, Bianchi wollte raus, wollte was erleben, ist ja auch normal für eine junge Katze. Ich höre die Menschin noch reden und dem Menschen einschärfen: »Lass sie ja nicht raus, bevor sie kastriert ist.« Beide waren einfach konfus, denn ein Tierchen, das gerade leidlich zusammenwächst, schneidet man ja nicht gleich wieder auf. Die Menschin fuhr dann auf eine ihrer Skireisen, und was macht der Mensch? Machte die Tür nicht richtig zu, und Bianchi war raus und ab mit dem Kellerkater. So ein alter heimatloser Haudegen, so ein Tramp, der den Winter über bei uns im Keller nächtigte. Die Menschin hat ihn gefüttert in typisch menschlicher Schizophrenie: Wenn ich mir das Gesockse heranziehe, was wundere ich mich dann, wenn er meine Kleine schwängert? Hat er natürlich auch, ich denke allerdings, Bianchi hatte noch 'nen anderen, aber da schweigt sie sich aus. Bianchi ist keine, die viel prahlt!

Jedenfalls war sie schwanger, und die Menschen trösteten sich selbst. Bei ersten Würfen werden es ja nicht so viele, sie ist ja noch so jung – Durchhalteparolen allenthalben. Bianchi wurde genauso beäugt wie ich, wann es denn so weit wäre. Es war so weit, als die Fruchtblase platzte und Wasser sich über das Bett der Menschin ergoss. Bianchi wurde in eine Wurfkiste gebracht, dass sie drinblieb, gab mir schon zu denken. Die ersten beiden kamen recht schnell hintereinander, und dann war erst mal Ende im Gelände. Ein Tigerchen mit weißem Latz und so was Schwarz-Weißes wurden geputzt, und ich sage euch nochmals, da war was nicht in Ordnung. Bianchi wirkte merkwürdig, und sie schnurrte mir zu viel. Es kamen Stunden später noch zwei Tigerchen, das letzte schon sehr schwächlich, und dann eine Totgeburt. Bianchi war fix und alle, die beiden Letzten wurden kaum mehr geputzt. Und sie blutete wie eine Sau. Entschuldigen Sie den Kraftausdruck, aber das war so.

Nun muss ich wirklich kurz einwerfen, dass Katzengeburten etwas sehr Sauberes sind. Wir fressen die Nachgeburt auf, waschen die Kinder, und gut ist es. Kein so ein Theater wie bei den Menschen. Aber da kam keine Nachgeburt, und Bianchi blutete immer noch wie – na, Sie wissen schon. Die Menschin hat auch gemerkt, dass das keine normale Katzengeburt war, und alarmierte eine Tierärztin. Die kam noch mehrmals an dem Abend – Wochenende, klar –, bis sie mit ihrem Latein am Ende war und die Tierklinik empfahl. Sie wissen schon, die mit den Mauritius-Urlauben. Also alle vier Zwuzel samt der Mama in eine Kiste verbracht, und dann brach die totale Panik aus. Der Mensch dachte, er hätte eines der Kinder verloren, es waren einfach nur noch drei. Eins hatte sich in einer Falte der Decke verschlupft, und endlich konnten sie losfahren.

Bianchi hatte überhaupt keine Farbe mehr an der Nase oder ihren rosa Ohren. Sie war echt ausgeblutet. Irgendwie gelang es denen in der Tierklinik, die Blutungen zu stillen und Mama und die Kinder durchzubringen. Am Tage drei kam sie wieder nach Hause, deutlich rosiger als zuvor. Was die der dann alles reinstopften an Leckerlis, damit das arme »Biutschele« wieder zu Kräften kommen möge. Sei es ihr vergönnt, ich habe ihr noch eingeschärft: Sei huldvoll, nicht zu dankbar. Hat sie gut hingekriegt, sie ist ja eine Adlige aus Ostpreußen, verarmter Landadel, keine Trakehner, na ja, aber immerhin …

Was sie dann abgezogen hat, Respekt, Chapeau, das hätte mir mal einfallen müssen. Sie hat wohl mal von einer Großmutter oder sonst wem gehört, dass Katzen ihre Jungen verstecken und verziehen, von einem Platz zum anderen. Ist natürlich als umhätschelte Hauskatze völlig sinnlos, Hausmenschen erschlagen ja auch keine kleinen Katzen oder ersäufen sie. Aber sie begann umzuziehen. Erst mal in eine Schublade im Schrank, dann in einen dieser Abstellräume unter der Dachschräge, niveaulos und dunkel, immerhin machte sie sich was in einem Haufen Skihosen und Anoraks zurecht. Wurde größtenteils wohl dann entsorgt wegen Haaren, Dreck, Geruch …

Beim zweiten Umzug ging sie cleverer vor. Sie hatte ein Kind im Maul, lief demonstrativ an den Menschen vorbei, gestaltete ihr Lager und wartete. So lange, bis die aufgelösten Menschen ihr die restlichen drei hinterhertrugen. Sie gestaltete noch mehrere solcher Umzüge, bis sie dann letztendlich mit ihrer Brut in einer Kiste im Wohnzimmer blieb. Irgendein Mensch hatte den Meinen den Floh ins Ohr gesetzt, dass Kater Katzenbabys töten würden, also wurde nun Moebius belauert. Meine liebe Seele, dieser schwule Pazifist tötet doch nicht! Das haben sie wohl dann auch begriffen, und wir durften alle mal ein bisschen bei der Erziehung der Kleinen mitmachen. Sie gingen schnell aufs Klo, in jeder Kloecke eins.

Sie bekamen Namen: Grappa, Prosecco, Pino und Grigio. Blöd nur, dass ausgerechnet der, dessen Name auf »a« endet, das einzige männliche Exemplar war. Also Grappa, Prosecca, Pino und Grigio wurden zusammengezogen und verweiblicht in Pina Grigia, und die Kleinste hieß dann Principessa. Die Kleine, die Letzte, war wirklich so eine Prinzessin auf der Erbse, und als wisse das der große Bruder, hat er sich echt um sie gekümmert. Die

Dritte, diese Pina Grigia, war eine kleine Zicke, ein Alphatierchen, die hatte ich im Auge. Die schwarzweiße Prosecca war ein Tollpatsch und ein echt dickes Kind, hätte man gar nicht gedacht, dass die mal so eine Langbeinige würde.

Nun, erst waren es Zwuzel, ein Einzelnes wird auch gerne als Zwack bezeichnet, und dann wurden sie zum Raufenhaufen. Ein halbstarker Raufenhaufen. Der Mensch konnte die drei kleinen Getigerten ja überhaupt nicht unterscheiden, die Menschin schon. Nun waren wir also sieben, und die Menschen beschlossen, drei abzugeben und eins zu behalten. Von mir aus hätten sie alle abgeben können, aber schon als der erste Besichtigungstermin nahte, schwand meine Hoffnung, die loszuwerden. Die Menschin hatte imaginäre mehrseitige Adoptionsbögen im Kopf, die sie stets und gnadenlos abrief. Die Kinder der ersten Aspiranten waren zu laut, bei den nächsten war die Straße zu nah, die dritten waren nicht klug genug, die vierten mental zu wenig gefestigt, die fünften irgendwie zu cool für Katzen, die sechsten zu weichlich und so weiter und so fort. Ich sah mich schon fürderhin inmitten von einem vierköpfigen Raufenhaufen weiterleben – da kam gottlob das Ehepaar mit dem netten Namen Schulte-Schlaps. Sie Psychiaterin, hast du 'nen Klaps, gehst du zu Schlaps. Er Ingenieur, dem ja nichts zu schwör ist, und beide fanden Gefallen in den Augen der Menschen. Ich betete zu Gott und allen Heiligen und zu Thor, den man in nordischen Ländern bei kühnen Taten anruft. Das hat mir in meiner Jugend nahe Augsburg eines von diesen Bürstenponys erzählt.

Und das Ehepaar nahm zwei, befreite uns von zweien, dem Kater, der nun statt Grappa Cäsar heißen sollte, und der Erbsenprinzessin. Da waren noch die Zicke und das dicke Kind. Und? Sie ahnen es: Die Menschin wollte unbedingt die Zicke behalten, weil sie von dieser – kaum hatte die kleine streitbare Tigerin ihre Augen aufgeschlagen – angefaucht worden war. Sind Menschen nicht wirklich bescheuert? Und er wollte das Mickeymausöhrchen haben, ergo durften diese beiden bleiben. Nun waren wir fünf.

KAPITEL 7

Ein kleiner Exkurs über Tisch- und Bettmanieren

JA, WIR WAREN ALLE ANGEKOMMEN und konnten uns wieder der Erziehung unserer Menschen widmen. Auch sie glaubten anfangs, Katzen brauchten Kratzbäume, lebten in bei Fressnapf und Dehner angeschafften Katzenkörben. Um das mal nachhaltig zu klären, schärften wir unsere Krallen an einem antiken (teuren) Wirtshaustischbein. Es ist ja nicht so, dass nicht Armadas von Kratzbäumen im und ums Haus verstreut wären. Eines dieser unzähligen Monster haben die Kaninchen als Höhle bezogen, ein anderes dient einem Igel als Regenunterschlupf. Es ist auch nicht so, dass wir nicht umgeben wären von Zaunlatten, Bäumen, Büschen, einem hölzernen Gartenschuppen … Aber wir bevorzugen eben edlere Hölzer. Wir haben jetzt das Agreement mit den Menschen getroffen, dass wir nur und stets dasselbe Bein massakrieren. Wir halten uns dran, das Tischbein vorne rechts hat all-

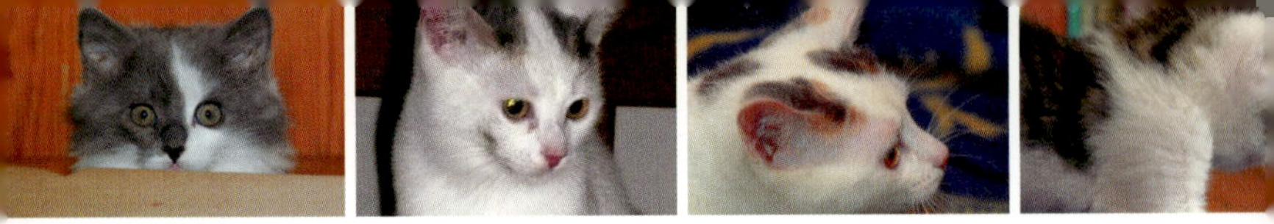

mählich etwas von einem Biberverbiss – mittig immer schmaler werdend.

Ja, unsere Menschen gelten bei ihren Bekannten als etwas wunderlich, und ihre Freunde kleiden ihre Verwunderung in Ironie oder schulterklopfende Heiterkeit. Diese haben keine Katzen. Vor allem die nicht, die als klassische Münchner Yuppies mit Designermöbeln und Granitarbeitsplatte brillieren. Wenn sich also die Granitplatten-Schönerwohnen-Fraktion mal wieder zu einer Landpartie aufmacht, kommt die Menschin immer leicht in Wallung. Da gerät hier alles aus den Fugen, und wir Katzen hassen Veränderungen. Da will die Menschin zeigen, dass auch so ein verrohter ländlicher Menageriehaushalt in Stilfragen durchaus konkurrenzfähig ist.

Also arrangierte sie dereinst die Oliven in diesen Schiffchen, die Dips in Rosenthal-Schalen und Grissini ganz zierlich in einem Korb. Der war mittig auf dem Tisch platziert, und als dieser stylische Anwaltskumpel gerade nach einem dieser italienischen Staberl griff, sprang Moebius auf den Tisch. Anmutige Punktlandung genau zwischen Proseccoglas und Dipschale, ohne auch nur ein Teil zum Erzittern zu bringen. In selbige Schale senkte er kurz die Nase, befand Curry als zu »spicy«, nieste und stieg dann in provozierender Langsamkeit in den Grissinikorb. Kreiselte und sank danieder, die

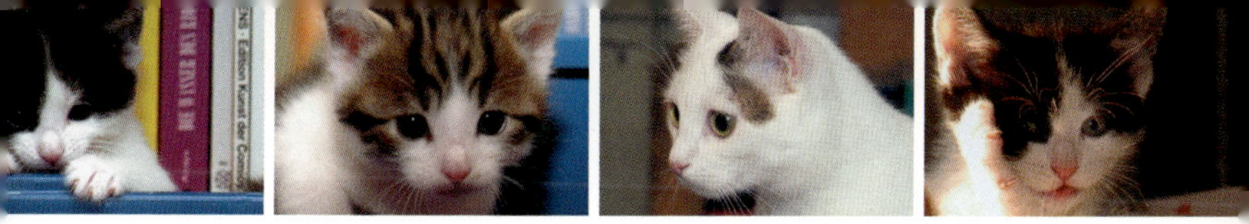

geköpften Grissini spickten über den Tisch. Sah sehr gut aus!

Äh ja – diese Freunde kommen nicht mehr zum Essen, die Menschen treffen sie sicherheitshalber immer in München. In katzen- und korbfreien Zonen. Aber Katzen leben nun mal in Kartons von Computern und anderen Geräten. Am besten leben wir mit Kartons, wenn mindestens ein Katzenkumpel da ist. Einer sitzt im Karton, einer haut raus. Am tollsten sind diese langen schmalen Kartons von Möbeln oder Ski. Es ist höchst spannend, bis in die Mitte vorzudringen, wenn von der anderen Seite auch einer reinrobbt. Dann das gedämpfte Knurren und dann zwei Katzenpopos im Rückwärtsgang. Was überdies zu einer weiteren Mär überleitet, wir seien Einzelgänger. Unsinn, wir haben gerne intelligente Gesellschaft. Einfühlsame Freunde. Instinktgesteuerte Kumpane. Sie merken, auf wen diese Beschreibung nicht zutrifft, drum ist mindestens eine weitere Katze ein Muss für unsere Psyche. Für unsere Physis auch, denn gerade in der Zwuzel-Raufenhaufen-Phase hilft ein Geschwisterchen doch sehr dabei, all die wichtigen Katzenfertigkeiten zu erlangen. Ein Geschwister kann man zwischen den Vorderpfoten einklemmen und ihm dann mit den Hinterpfoten auf dem Kopf rumtrampeln. Einen Geschwisterschwanz jagt man am intensivsten, und zu zweit kann man viel mehr in menschlichen Behausungen kaputt machen. Das musste doch auch mal gesagt sein, wenn Sie also Ihr armes Leben allmählich bereichern wollen und endlich mal Ihren Menschenhorizont erweitern, dann laden Sie mindestens zwei Katzen ein.

Äh ja, wo war ich stehen geblieben? Ach ja, Körbe und Kartons. Katzen lieben Kartons, und wir leben in Körben. Nur nicht in solchen, die explizit für Katzen gedacht sind. Aber in Einkaufskörben, in Brotkörben, in Osterkörben, in Obstkörben, in Weihnachtskörben. Frische Croissants im Brotkorb kann man anbeißen und dann einfach plattliegen. Schokoeier im Osterkorb kann man zum Schmelzen bringen, wir Katzen sind der Feind jedes ambitionierten Weihnachtsarrangements, weil wir Hasel- und Walnüsse einfach rauspfeffern, mit rhythmischem Pfotenschlag über den Boden treiben und irgendwo hinter den Möbeln versenken. Wo sie von Menschen erst Jahre später beim Umzug gefunden werden. Zusammen mit Wollmäusen und Heerscharen von Gummibällchen.

Wir wechseln unsere Liegeplätze beständig und nicht etwa voller Launenhaftigkeit, wie Menschen meinen. Das ist einfach in uns. Ein Stuhl, der jahrelang unbesetzt blieb, wird plötzlich total in, bis er nach einigen Tagen wieder ganz verwaist ist. Katzen brauchen viele, sehr, sehr viele angestammte Plätze. Angeblich sind Hunde ja Strahlenflüchtlinge und Katzen suchen Erdstrahlung. Demnach ist das Haus der Menschen komplett verstrahlt, denn wir liegen überall. Menschen lassen sich ja so leicht veräppeln. Da verkauft ihnen irgend so ein Scharlatan eine Antistrahlungsbettdecke für teures Geld. Und hinterher fühlen sie sich anscheinend besser. Placebo sagt man dazu.

Wir liegen überdies auch da, wo ein Mensch liegt. Menschen liegen vor dem Fernseher oder im Bett. Da gehören Tiere nicht hin. Aber das wissen wir ja nicht oder wollen es nicht wissen. Wir Katzen teilen unsere Schlafgewohnheiten in Menschenbetten in drei Kategorien. Moebius ist ein Fußwärmer, das sind die angenehmsten, die rollen sich adrett auf deinen Füßen zusammen. Ich bin ein Kragen, da liegt man am liebsten so, dass der Mensch im Hochsommer das Gefühl hat, einen Angorakragen umzuhaben. Und dann gibt's noch die Schlüpfer. Pinele und Prosecca sind Schlüpfer, bohren sich unter die Decke und ringeln sich dann mit Körperkontakt zusammen. Was ich persönlich ablehne, Menschenpupse riechen schauderhaft. Bianchi

ist eine Mischform: Am liebsten ist es ihr ja, wenn der Mensch in stabiler Seitenlage verharrt und sie sich dann in den Hüftknick legen kann. Bei Bauchschläfern findet sie es extrem wichtig, im Rückenbereich des geliebten Menschen zu liegen. Wenn der Mensch dann da so liegt, das Gesicht ins Kissen gepresst, und versucht, aus Luftmangel auf Porenatmung umzustellen, ist das wirklich sehr lustig. Menschen machen sich so gerne zum Affen!

Am apartesten sind wir in jenen Nächten, in denen wir unsere Position noch stundenlang durch Milchtritt untermauern. Wir alle – auch im stattlichen Erwachsenenalter – treten Milch. Das ist meditativ. Gerne treten wir in der winterlichen Frühe, wenn der Mensch eh schon mit sich hadert, das

warme Bett in Richtung kaltem WC zu verlassen oder nicht. Ich milchtrete dann ja gerne im Blasenbereich, die Entscheidung pro WC fällt dem Menschen dann viel leichter!

Jetzt mögen Sie fragen: Ja, was lassen diese Menschen ihre Tiere auch ins Schlafzimmer? Ich unterscheide in dem Zusammenhang gerne drei Spezies: die Heuler, die einfach vor der Tür erbarmungswürdig wehklagen. Die Trommler, die mit Pfotenwirbel die Tür traktieren, und die Rupfer. Rupfer sind die Vehementesten, denn sie verhaken die Krallen im Türspalt und rupfen, bis die Späne fliegen. Sehen Sie – Konsequenz muss manchmal auch der finanziellen Vernunft weichen. Gerade bei gemieteten Immobilien ist man im Erklärungsnotstand beim Vermieter, und generell gehen neue Türen doch wirklich ins Geld. Und spätestens jetzt fragen Sie nicht mehr so unwissend. Natürlich öffnen Menschen Türen am Ende eben doch, am schnellsten für Prosecca, die ist nämlich eine heulend-trommelnde Rupferin!

KAPITEL 8

Zu Hilfe, ein Denkmal!

MENSCHEN HABEN HOBBYS. Das allein ist ja schon seltsam, oder? Menschen unterteilen ihr Leben so merkwürdig, da sind acht Stunden ungeliebte Arbeit, die sie unentwegt versuchen zu minimieren. So doof sie sonst sind, bei der Suche nach möglichst viel Freizeit entwickeln sie ungeahnte Fertigkeiten. Deshalb haben sie auch Brückentage erfunden. Und sie haben das Wochenende und den Urlaub. Kinder haben ständig Ferien. Menschen haben auch diese merkwürdige Einrichtung »Geld«. Sie wollen ganz viel davon, und das mit möglichst wenig Arbeit, so klingt das zumindest in meinen puschligen Ohren. Deshalb haben sie auch viele Gewerkschaften, die mit noch mehr Streiks durchsetzen, dass Menschen mit immer weniger Arbeit immer mehr Geld verdienen. Das leuchtet mir nicht ganz ein, aber welche Katze wollte Menschen der Logik bezichtigen?

Jedenfalls nutzen sie all diese sogenannte freie Zeit für ihre Hobbys. Das sind seltsame Tätigkeiten, die ihrerseits wieder Geld kosten. Meine Menschin hat ein Tiersammlerhobby. Ich meine, sich mit uns Katzen zu umgeben, ist ja kein Hobby, sondern Philosophie, aber Pferde als Hobby zu halten, das ist Dummheit. Wir haben Trakehner gezüchtet, um sie zu verkaufen und um die Stallburschen und Bereiter zu beschäftigen, unterm Strich ging es um Gewinnmaximierung. Comprende? Die Menschin aber gibt jede Menge Geld aus, um immer neue zu kaufen, aber nicht zu verkaufen. Einer ist auch noch ein Wallach, damit kann man ja wahrlich nicht züchten. Außerdem waren unsere Trakehner von edler Anmut, ihre Ponys sind lächerliche Zwerge. Diese Isländer haben so viele ungepflegte Haare im Gesicht hängen, dass sie gar nichts sehen können. Und diese norwegischen Bürstenponys mit dem Irokesenhaarschnitt sehen zwar mehr, haben aber das gleiche Manko wie alle ihrer Art. Sie putzen sich nicht selbst wie wir Katzen. Sie gehen höchst unordentlich aufs Klo. Sie scheißen in ihre eigene Wohnung und nicht mal in ein Eck, sondern querbeet, und legen sich auch noch rein in die Produkte ihrer Verdauung. Wie eklig ist das denn?

Jedenfalls hatte die Menschin diese Schmutzbären in Eglfing untergebracht, und ich hör sie fast

täglich lamentieren, dass sie so gerne da wohnen würde, wo die Ponys auch wohnen, dass sie einen Bauernhof bräuchte. Ja liebes Herrgöttle, da geben immer mehr Bauern ihre Landwirtschaft auf, weil das unrentabel ist und ein unmenschlicher Beruf, bei dem man keine Zeit hat für Hobbys und Urlaub. Da bauen Architekten schöne warme Villen mit großen Glasfenstern, wo die Sonne so richtig reinprallen kann, wo man sich als Katze herrlich am Boden fläzen kann, und sie will einen ranzligen alten Bauernhof. Ich meine, ich weiß, wie das bei Franz damals war!

Aber sie las unentwegt den Immobilienteil, und so viel konnte ich durch Draufliegen gar nicht abdecken, dass sie es nicht doch entdeckt hätte. Das Denkmal! Vierhundert Jahre alt, wissen Sie, wie alt das ist? Als die Menschen diese Lady erworben haben, besaßen sie nicht etwa ein Haus. Nein, das Haus besaß sie. Ich meine, wir besitzen die Menschen, und mit uns haben die genug zu tun, wozu binden die sich dieses Gemäuer ans Bein? Sie wollten aus einem alten Kuhstall ein Bad und ein Büro machen. Und der Mensch, das Hochhauskind mit den winzigen Fingerchen, wollte mal so richtig angreifen. Na, merci – ein Schreibtischtäter mutiert zum Handwerker. Gut, er hat nur Handlangerjobs gemacht, aber selbst die mit diesen dünnen Pfötchen? Wie Bianchis Pfötchen, und die renoviert ja auch keine Häuser. Wir waren alarmiert, sie schwallte davon, dass man mit dem Haus kommunizieren könne. Bitte, wer redet mit Häusern? Und sie wetterte gegen Niedrigenergiehäuser im Neubaugebiet mit Wendehammer und Schallschutzwall. So schlecht sind die nicht, da ist es warm, mir schwante Grässliches. Die Menschen waren höchst genervt und wir auch, denn dieses ständige Pendeln zwischen zwei Häusern ist ja die Hölle für Katzen. Wir hassen Besitzer, die sich zu wenig kümmern, die angespannt sind, unsere empfindlichen Antennen vertragen den Dauerbeschuss an Schlechtemenschenlaune nicht.

Dann kam der Umzug, ich kannte das ja schon, Moepi auch, die drei anderen hingegen pendelten je nach Gemüt zwischen panisch (Bianchi), leicht

aggressiv (Pinele) und höchst amüsiert (Prosecca, die dachte, diese ganze Chaoswelt aus Umzugskartons sei ihr persönlicher Abenteuerspielplatz). Am Tag X, die Möbel waren schon weg, rückte unsere Abreise näher. Ich hatte die Parole ausgegeben: Jede und jeder eine andere Tonlage. Na, sie lud einen Kaninchenkäfig in ihr Auto, er stellte fünf dieser elendiglichen Transportboxen nebeneinander in den Fond seines Fahrzeugs. Wir warteten bis zum Ortsschild, aber dann: ein fünfstimmiges Wehklagen, ich möchte das auf jeden Fall zusammen mit den Wiener Philharmonikern nochmals einspielen, so was von Kunstgenuss. Er hat gelitten, wirklich gelitten, und das geschieht ihm ganz recht. Und dann fuhr er auch noch so eine kurvige Passstraße hoch, ja wo zogen wir denn hin? Auf die Zugspitze?

Sie entluden uns dann in diesem Haus. Es war betagt, keine Frage. Es hielt sich auch nicht gerade, die Böden im ersten Stock waren so schief, dass man hätte rodeln können. Falls wir rodeln würden. Aber das Haus strahlte eine Kraft aus. Wenn all die Zeit ihm nichts anhaben konnte, würde es die Zukunft auch nicht schaffen. Ich war beruhigt fürs Erste. Die Betten standen auch schon, es roch wie gewohnt, also abwarten und – Putenfleisch essen. Klar, um uns milde zu stimmen, gab es statt der Norma-Dosen Putenstreifen. Was sich erst am nächsten Tag so richtig herauskristallisierte, war allerdings, dass wir auf eine Baustelle gezogen waren. Im Bad gab es eine einsame Badewanne, dafür ging die Dusche noch nicht. Das Klo ging auch nicht, dafür aber die Gästetoilette. Das spätere Büro war ein staubiges Loch voller Werkzeuge. Sie werkelten täglich weiter, irgendwo dazwischen hockte sie mit ihrem Laptop und schrieb an gegen den Staub.

Wir durften mal wieder nicht raus, bis sich nach zwei Wochen im Obergeschoss eine Tür öffnete. Die führte in eine Tenne, also so was von einer Tenne. Mehrstöckig, unendlich viele Balken und Streben, da konnte man Krallen wetzen, mein lieber Herr Gesangsverein. Apropos Herr: Moepi erkletterte sich sofort schwindelnde Höhen, und weil sie wahrscheinlich dachte, er würde sich den Kragen brechen, wurde zur Ablenkung das Scheunentor geöffnet. So, das war nun also unsere neue Heimat. Ganz schön viel Landschaft, Scheunen, ein paar Nachbarbauernhöfe, jede Menge Holzstapel, Kletterbäume, ein Paradies für Katzen, wie sie tirilierte. Wieso glauben Menschen, unser Paradies zu kennen? Ein Katzenparadies ist dort, wo ein Mensch tagelang im Bett liegt und man sich dazulegen kann, meditieren, dösen, kurz aufs Klo gehen. Dieser ganze Outdoor-Quatsch wird auch sehr stark überbewertet im Katzenentertainment.

Ich vermisste meinen Senior, ich streifte durch den Weiler, machte einige Protest-Sit-ins im Holzschuppen der Gastwirtschaft, bis ich *ihn* entdeckt hatte. Auch einen Senior, der Austragsbauer beim Nachbarn. Nun sind Bauern ja unstete Menschen, die sich dauernd draußen und zwischen stinkenden Kuhleibern aufhalten, aber er hat schnell begriffen, dass er sich aufs Kanapee zu legen hatte, wenn ich maunzte. Das ließ sich zumindest ganz gut an. Die anderen hingegen fanden die große Outdoorwelt wahnsinnig spannend, zumal hier jede Menge wilder Katzen ohne Menschenzuhause herumstrichen. Üble Gestalten, einäugige Kater, streitbare Weiber, immer auf der Suche nach Nahrung und nicht zimperlich in der Durchsetzung ihrer Bedürfnisse. Ich meine, ich kannte das, Bianchi auch, aber solche Salonlinke wie mein Sohn und die beiden Kleinen? Toleranz predigen, aber als es die eine oder andere Watsch gab, fanden sie das Bauernhofproletariat nicht mehr so prickelnd.

Moepi erweiterte auf einmal seinen Radius, er hatte noch mehr Aufträge als jemals zuvor, er war hochwichtig unterwegs, und die Menschin war am Verzweifeln. Denn das mit dem Abendappell klappte weit schlechter als in Oberhausen, und wenn Moepi kam, dann wollte er auch gleich wieder raus. Zu den bösen Buben, zu den Kumpels, die Geschichten zu erzählen hatten, die sich Moepi, diese weiche Kopfkissengeburt, ja nie hätte vorstellen können. Die Lage war angespannt: Sie war in Dauerpanik wegen uns, und er war in Dauer-Rumpelstilzchen-Laune, weil sie Katzen über Menschen stellte. Weil sie sich um uns Sorgen machte, um ihn nie. Vernünftig, wenn Sie mich fragen!

Generell bemängelte er, dass es immer mehr Viecher wurden, denn zwei Monate später sollten die doofen Großen einziehen. Zwei von denen, die beiden norwegischen Bürstenponys, kannte ich ja schon, die isländischen Zicken waren mir neu. Die eine, diese rote Zora, die machte gleich mal klar, dass sie Katzen hasste. Sie schnappte nach uns, wenn wir über die Boxenwand huschten. Provozieren, sag ich, provozieren und genau da sitzen, wo sie mit ihrem dicken kurzen Hals nicht hinkam. So ein Isländer ist eben keine Giraffe. Später hat sie allerdings Pinele mal in den Arsch gebissen, der Tierarzt wollte es gar nicht glauben. Pina Grigia von Grabenstätt von einem Pony gebissen, das hatte er in seiner Laufbahn noch nie erlebt! Pinele auch nicht, und besonders peinlich war ihr, dass das Ganze als »Fluchtverletzung« eingestuft worden war.

Ansonsten störten die Pferdedeppen nicht groß, was störte, war, dass die Menschin immer panischer wurde wegen langer Abwesenheiten. Und dann war Moepi weg, fünf Tage lang. Das alte Prozedere, Zettel, Rumfragen und damit viele neue Nachbarn kennenlernen, Zeitungsannoncen. Am sechsten Tag hatte ihn der Nachbar zufällig in einem Freilaufstall für seltsam weiß ausgebleichte Kühe gesehen.

Das war gut drei Kilometer entfernt! Sie mit der Nachbarin, die Frau von meinem neuen Senior, da hingebraust, den Moepi ausgerufen, und da kam er aus einem Holzstapel. Holzstapel sind ein großes Thema hier! Er hatte Durchfall und kränkelte auch sonst fiebrig vor sich hin. Er ist einfach nicht geschaffen für das Streunerleben. Das Beste daran für die Menschin war, dass Moepi als Rekonvaleszent im Haus bleiben musste. Aber da war etwas in ihm erwacht, das auch mir neu war, er war auf einmal zum Kater geworden. Und er überquerte die Bundesstraße, die auch ordentlich weit weg war, weil auf der anderen Seite bessere Mäuse wohnten. Sie war immer völlig aus dem Häuschen, wo es doch auf unserer Seite so schöne Wiesen gab. Aus Menschensicht, aus Menschensicht!

KAPITEL 9

Ein Hendl namens Hölderlin

APROPOS KATER. Wir hatten ja gottlob eine massive weibliche Übermacht, außer dem Bürstenponykastraten und Moepi war das ja nur noch der Mensch. Und als hätte ich es geahnt, dass da etwas passieren musste, traten wir in die Hendl-Epoche ein. Okay, ich kenne ihren Blick, aber das hätte es nicht gebraucht. Das da! Das Hühnchen, das Hendl! Ich hab das Drama auf uns zukommen sehen. Drüben auf dem Holzstapel lungerten kleine Katzen rum, so eine Brut, total verwahrlost, und sie hat sie natürlich wieder gefüttert. Hätte ihr sagen können, dass die so elend waren, dass da füttern auch nicht mehr hilft. Aber sie rückte mit ihren Näpfen aus, und die Brut wurde trotzdem immer schwächer. Das hat sie natürlich auch gemerkt, und da erwischt sie doch einen von den Wildlingen. Der war so entkräftet, dass er nicht mehr fliehen konnte. Also, ich kann euch sagen, ich habe viel gesehen, nicht zu-

letzt auf der Flucht … aber das, aber es. Es war kahl, ab Körpermitte einfach total kahl, blassrosa Haut wie ein gerupftes Hendl, bloß nichts dran. Und es roch, also miefte, dass es zum Himmel stank. Hatte so was von Diarrhö, so was hab ich noch nie gesehen. Drum auch das Hendl, alles Fell komplett weggeätzt. Bei näherem Augenschein hat sie wohl auch bemerkt, dass es oder er oder sie elender ist, als wir es uns alle zusammen in unseren kühnsten Träumen vorstellen konnten. Sie also in der Nacht noch zur Tierärztin nach Steingaden, klar, Infusion, Spritzen, volles Programm, aber wo willst du 'ne Infusion reinlassen bei 'nem Hendl? Sie hat dann so eine Riesentransportbox als Krankenstation mitgebracht und das Hendl, also es oder ihn reingesetzt. Vorher hat sie ihm Katzen-sollen-gesund-werden-Milchpulver aufgerührt, in eine Spritze und ins Maul. Oben rein, unten raus, gleiche Farbe, kein gutes Zeichen! Die Nacht hat es oder er oder sie überlebt, am nächsten Morgen wieder zum Tierarzt, gleiche Prozedur, wieder Nahrung, aber der Hendlkörper wollte einfach nichts behalten. Am Tage vier wollte sie das Hendl dann doch einschläfern lassen, na ja, schon traurig, man leidet ja mit. Sie kam aber mit dem Hendl wieder und murmelte was von der Tierarzt hätte gemeint, der schaue so wach. Also doch ein Kater. Und dann dieses »Ach Mümmelchen, was machen

wir bloß?«. Ja wie, wir? Wenn Menschen nicht weiterwissen, fragen sie uns! Sie setzte das Hendl also wieder in die Box, und dann musste ich echt eingreifen. Ich also zu dem kleinen Kerl hin und ihm mal anempfohlen, er solle schreien, quieken, was das Zeug hält. Das hat er gut hingebracht, und dann hat sie es auch geschnallt. Sie hat ihn in einen Putzlumpen eingeschlagen und mit ins Bett genommen. Am nächsten Morgen lief die Milchpampe hinten immerhin schon mal braun raus. Nach einer Woche im Putzlumpen wurden seine Verdauungsprodukte etwas dickbreiiger, und es war ihm wirklich arg, dass er überall hingemacht hatte. Auf Bettdecken, Teppiche, die Designercouch – und sie hinter ihm her mit Domestos. Was am Ende mehr stank, das Hendl oder Herr Domestos, na das sei dahingestellt. Gottlob war der Mensch zwei Wochen auf Reisen, der wäre ausgeflippt mit dem Dreck. Der übergibt sich ja schon, wenn wir ihm mal vor die Füße kotzen, Weichei, menschliches!

Als er wiederkam, hatte das Hendl nur noch vertretbaren Durchfall, und an seinen Beinchen begann Flaum zu wachsen. Und dann taufen die den auf Herr Hölderlin vom Holzstapel. Da haben sie mal tief in die Bildungsschublade gegriffen! Weil die Menschin diese Zeile im Ohr hatte, »Nur einen Sommer gönnt ihr Gewaltigen«. Weil sie fand, dass er doch wenigstens einen Sommer lang Spaß haben soll. Und wie sie das dann noch so pathetisch formuliert hat, wie sie das allen Leuten erzählt, die das nicht hören wollen, auch das ist großes Kino.

Bildungsfernsehen, BR Alpha, da käme sie groß raus! Bitte, ich meine, wir hatten einen Literaturkreis in Ostpreußen. Die Droste und so. Und Eichendorff, dieser alte Romantiker, an der Judenbuche, an der hab ich ja quasi meine Krallen geschärft.

Also Hendl-Hölderlin hatte echt einen an der Klatsche. Wir anderen haben ihn natürlich angefaucht, aber eher leise, was willst du so was auch anfauchen? Er aber der totale Schisser, und was macht er? Er flüchtet unter der Küchenzeile in ein Loch in der Wand. Nun muss man sich ja immer mal wieder vor Augen halten, dass wir in dieser Uraltburg wohnen – in Ostpreußen hätten wir so was abgerissen, hier steht das unter Denkmalschutz. Vierhundert Jahre menschlicher Irrsinn können nicht fehlgehen. Und so hat irgendeine Generation eben vor die Blockhauswand innen eine Ytongwand gesetzt und typisch menschlich so gepfuscht, dass zwischen Holz und Ytong sicher zehn Zentimeter Platz waren. Toller Wohnraum für Mäuse, uns soll es ja recht sein.

Jedenfalls geriet Hendl-Hölderlin in diesen Zwischenraum und von dort durch ein weiteres Loch in die Scheune. Und sie, gerade mit den Doofen aus dem Norden zugange, sieht ihn noch huschen. Sie völlig panisch hinterher, und sie sieht ihn retour flüchten und erneut in einem Wandloch verschwinden. Diesmal auf Tennenseite. Sie, völlig entmenschlicht, stopft jenes zu im Glauben, dass er dann auf der anderen Seite wieder in den Orbit der Wohnung eintreten müsse. Tat er aber nicht! Bitte, er war gestört, zudem ein Kater und auch vom Hirn her ein Hendl. Das hätte ich den Menschen gleich sagen können: Der kommt da bis zum Jahre Schnee nicht mehr raus. Die Menschin drehte völlig am Rad, sah schon das verhungerte oder erfrorene (oder beides) Gerippe vor sich, Marder würden ihn fressen, Mäuse annagen, er würde jedenfalls qualvoll verenden. Bei jeder anderen Katze hätte ich gesagt: Katzen haben einen besseren Orientierungssinn als Menschen, und der Hunger treibt jede aus jedem Loch. Aber beim Hendl war selbst ich mir nicht sicher. Immerhin schlug der Mensch dann vor, strategisch und analytisch vorzugehen und sicherzustellen, dass das Hendl wirklich noch im Zwischenraum war und nicht womöglich irgend-

wo selig im Haus schlummerte. Er war immer noch zwischen den Welten, äh Wänden, und weil der Mensch das Gejammer der Menschin wirklich nicht mehr hören konnte, fasste er einen kühnen Plan. Von der Tennenseite her wollte er ein Loch in eine blinde Tür schneiden, reinleuchten, sondieren, das Hendl befreien. Sie geriet natürlich wieder in wildeste Aufregung, dass das Hendl am Schock wegen des Sägelärms sterben könne, einen Hörsturz erleide oder Schlimmeres. Er begann dennoch zu sägen, und siehe, da war ein Loch. Zu klein! Also umfassender gesägt und reingeleuchtet, und im hintersten Eck saß das Hendl. Er reingefasst, das Hendl gegriffen und ihr übergeben. Freudentränen, Begeisterungsstürme wie bei der Mondlandung. The Hendl has landed – und dann bekam es leckeres Essen. Da wird der Depp auch noch belohnt für so viel Dummheit.

KAPITEL 10

Namen sind Identität

DÄMLICH BLIEB DAS HENDL, und auch er wurde später entmannt, beim Tierarzt gelten wir ja als etwas wunderlich. Katzen heißen Muschi, Mausi, Miezele, Peterle oder Seppi. In Tierarztpraxen quellen die Computer über mit Muschis, zu identifizieren sind sie nur über die Familiennamen ihrer Besitzer. Es ist natürlich wieder mal totaler Menschenquatsch, dass Tiere kurze Namen mit »i« brauchen, auf die sie gut reagieren. Ich reagiere auf Frau Mümmelmeier von Atzenhuber sehr gut! Das muss man der Menschin ja doch zugutehalten, dass sie kreativ ist. Wir sind einzigartig, also unsere Namen auch. Im Tierarztcomputer bei den netten Moders in Steingaden werden wir nämlich mit vollem Namen und Adelstiteln geführt. Bei der Tierregistrierungsstelle »Tasso« auch, dort denken die hoffentlich, dass sich hinter unseren Tattoos Rassezuchtexemplare verbergen. Und dort verste-

hen die bestimmt auch, dass speziell ich eine Gräfin aus Ostpreußen bin, die damals … na ja, Sie wissen schon.

Nun haben wir diese schönen Namen, aber die Menschen haben dieses Sprachproblem und verfallen dann in Babysprache. Zudem grassiert die Verniedlichungsseuche.

Pina Grigia von Grabenstätt heißt vornehmlich Pinele, auch englisch ausgesprochen Peinili oder für die finnischen Momente Pönölö. Manchmal auch Rollkatze, weil sie sich leidenschaftlich wälzt, und Schlüpferle. Sie ist ein Schlüpfer (siehe oben). Auch Brumsel, weil sie praktisch schon schnurrt, bevor sie ahnt, dass sie einen Menschen trifft. Meinen die Menschen. Natürlich weiß sie es, dass sie einen Zweibeiner trifft, nur für die Menschen kommt das überraschend.

Prosecca von Grabenstätt kommt zumeist in den Genuss, ordentlich angesprochen zu werden. Wenn die Menschen im Garten stehen und Prosecca brüllen, schauen die Passanten (sind eh sehr wenige) oft etwas komisch. Jetzt schreien diese Journalisten nach Alkohol, und aussprechen können sie ihn auch nicht richtig. Prosecca heißt oftmals auch Prozac, die Gutelaunekatze. Millionen von Amis können beim Tablettenmissbrauch schließlich nicht irren!

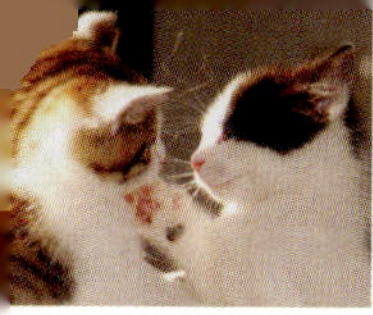

Auch mal Prozecka, wenn sie zu viele von den heimtückischen Blutzuzlern mitbringt.

Herr Moebius von Atzenhuber heißt Moepelmann, Moepelmännchen, Moep, Moepl, Moepi, Katerbus, das tiefergelegte Sitzkissen oder Django, wegen seines Ganges. Er heißt Kaptain Schmutzfuß oder Schmutzbius, weil Körperpflege nicht seine Domäne ist. Natürlich auch Püschler, wegen seines Puschelfells, oder auch »Ich hab einen Auftrag-Kater«, wenn er am Straßenrand entlangeilt, ohne seine Ernährer auch nur mit dem Arsch anzuschauen.

Ich, Frau Mümmelmeier von Atzenhuber, heiße Mümmel, Mümmelmeier, Mümmelchen, Maunzele bei den Nachbarn, Müm oder Atzenhuberin. Schauderhafte Namen, dabei wäre das so einfach: Sagt einfach Göttin zu mir!

Bianchi von Grabenstätt ist Weißling, Biutschele, Grabenstättin, »Die mit den dünnen Pfoten« oder »Grabenstätt ist immer nett«. Habe ich da nicht kürzlich was gelesen von einer zunehmenden Infantilisierung der Gesellschaft? Auch sie wird als Brumsel bezeichnet. Sie brummt stundenlang, sie brummt schlafend, schläft brummend. Sie putzt sich beim Brummen und verschluckt sich dabei, sie kann sogar fressen und brummen gleichzeitig.

Herr Hölderlin vom Holzstapel heißt Hölder oder Höldi. Oder »du Arschloch-Vieh«, weil er ein Streuner ist, wahnsinnig ungern nach Hause kommt und bei den besorgten Menschen ständige Lebens- und Sinnkrisen hervorruft. Auch »das Verdauungswunder«, weil er zur Diarrhö neigt.

Wir alle heißen bei den Menschen Felldeppen – und das geht natürlich gar nicht!

KAPITEL 11

Leben beinhaltet Abschiede

ER, VON UND ZU HENDL, wurde langsam größer, laborierte aber weiter mit seinen Durchfällen rum, das alte Stinktier. Also, ich war froh, dass der ein Leben draußen mit kurzen Fressbesuchen und kurzen Liebesanfällen bevorzugte. Er ist ein echter Dr. Jekyll und Mr. Hölderlin. Draußen ist er in Dauerfluchtpanik, kennt weder uns noch die Menschin, aber kaum ringt er sich dazu durch, doch mal reinzukommen, wirft der den Motor an, dass ich Angst um die Hausmauern habe wegen der Vibration. Ich meine, wir schnurren alle, ich generell nur sehr dezent, aber dessen Motor klingt wie einer dieser Uraltbulldogs, die sie hier haben. Und der hört gar nicht mehr auf! Bis er eben wieder draußen ist und keinen mehr kennt. Wenn fremde Menschen hier sind, verzupft er sich sowieso, verdampft oder diffundiert osmotisch durch Wände, der ist dann so was von weg! Wir mögen diese stän-

digen Lagerfeuer und Feten auch nicht, diese Essen mit Freunden, wo wir plötzlich nicht mehr auf die Tische springen dürfen. Und er, der Mensch, dieser Lügenbaron: »Das machen sie sonst nie.« Lallbacke, Nonsens und Bullshit, Papperlapapp, wie wir in Ostpreußen gesagt haben. Jedenfalls entwickelte sich das Hendl sehr undankbar, und dann kam hinzu, dass Prosecca, die alte Tollpatschin, das andere Geschlecht entdeckte. Besonders ein extrem verwegener Kater hatte es ihr angetan, Tiger mit weißer Schwanzspitze, zerbeulte Nase, Loch im Ohr. Grauenvolle Type, aber für die netten Jungs interessiert sich keine, für böse Buben schon. Es begann die Phase des Zehn-Minuten-Rhythmus. Kurz vor der Dämmerung riss die Menschin alle zehn Minuten die Tür auf und brüllte: »Prosecca!« Die kam meistens gar nicht, manchmal lag sie am Morgen seelenruhig in des Menschen Bett. Kein schlechtes Gewissen. Warum auch, Gewissen ist auch so eine unnötige Menschenerfindung. Selbstreflexion auch, wir müssen nicht über unser Selbst reflektieren, wir machen generell alles richtig.

Viele Morgen tappte die Menschin durch taufeuchte Wiesen und entdeckte Prosecca meistens auch, weit von unserer Altertumsruine, sehr nahe an der Bundesstraße. Sie trug sie heim, sie holte sie mit dem Auto ab, sie litt … Dass Prosecca schließlich überfahren wurde, war klar, jeder wusste das,

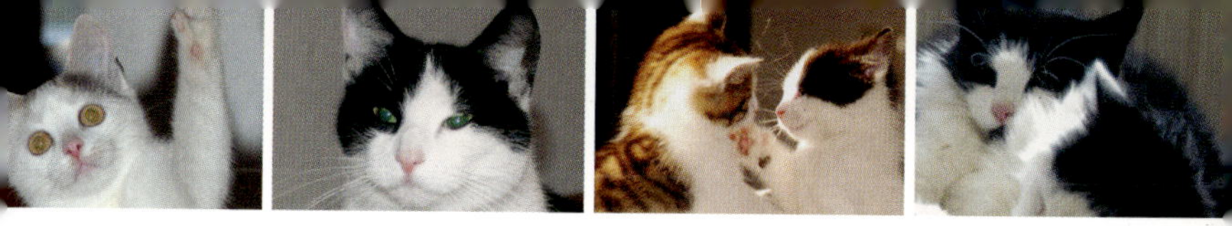

Menschen verschließen sich vor der Wahrheit. Sie fehlt hier, sie fehlt Bianchi, war sie doch deren Lieblingstochter, mit der sie immer komplett ineinander verschränkt und verwuschelt die Tage verdöste. Prosecca fehlt hier, sie war eine grenzenlose Optimistin, ein bisschen doof und arglos, aber sind das Optimisten nicht immer? Ich weiß nicht so genau, wann es düsterer war. Als Moepi überfahren wurde oder Prosecca vier Monate später. Vordergründig würden die Menschen sagen, bei Moepi war es schlimmer, weil er der Liebling der Menschin war. Meiner auch, niemand kann mich seither so schön putzen. Vordergründig hat die Menschin Proseccas Tod besser weggesteckt, das denkt auch der Mensch. Aber meine feinen Sensoren sagen mir, dass sie erst nach Proseccas Tod wirklich gebrochen war. Tief drinnen, da wo andere Menschen nicht hinsehen können – und auch gar nicht wollen. Sie wurde zynischer und lakonischer und fatalistischer als je zuvor, und das ist bei Menschen weit gefährlicher als ihre lächerliche Menschenwut.

Nun waren wir nur noch vier, wobei das Hendl ja nicht so richtig zählte. Deshalb war die Menschin wohl auch so froh, als Leila auftauchte. Ein Kater namens Leila, wie peinlich ist das denn? Als er klein war, haben seine dummen Menschen nicht begriffen, dass er ein Katerchen ist, und ihn Leila getauft. Er war rot, stattlich und hatte dieses gewisse Etwas. Ich befürchtete schon, dass er ein zweiter Sam würde, aber gottlob konnte auch hier ausgemacht werden, dass er von einem Bauernhof auf einem

Hügel etwa zwei Kilometer von hier stammte. Ich meine, Menschen kommt das weit vor, wir Katzen denken in Luftlinienkategorien. Sie fuhr ihn mehrmals heim, am nächsten Morgen war er wieder da, bei uns roch es besser, beim Nachbarn waren einige wilde willige Katzendamen – also keine echten Damen … Die Menschin und Irene, die Menschin von Leila, befanden, dass er kastriert werden müsse, dann werde er ruhiger. Gesagt, geschnippelt, er sollte eine Woche im Haus bleiben, schon am Abend der Kastration hat er Tapeten von den Wänden gezogen, Vorhänge in modischen Fetzenlook verwandelt, ins Eck gekackt, kurz: Er hat protestiert. Was wir überdies ab und zu tun müssen. Ich pisse auch immer auf Koffer, wenn ein Mensch wegfährt. Einmal hatte ich seine Kameratasche erwischt, und die Objektive schwammen dann so niedlich … Er fand das gar nicht so gut. Einmal hatte die Menschin vergessen, die Kellertür in Oberhausen offen zu lassen, unseren Ausgang nach draußen.

Also, wir haben nach Amnesty, dem WWF und Gut Aiderbichl geheult und dann angemessen reagiert. Bianchi war aufs Katzenklo gegangen, Verräterin! Moebius hatte eine Yuccapalme als Klo-Ersatz umgegraben, und ich habe erneut auf die Kameratasche gepisst und gekotzt. Sing me a protest song!

Das aber nur am Rande, sie ließen Leila raus, und er war wieder bei uns. Erst nach drei Wochen, als sich sein Hormonspiegel von Aufreißer langsam auf das Kastratenniveau von Fettwanst-Fresser-Schläfer abgesenkt hatte, blieb er. Soll ihm gut gehen, wie ich gehört habe. Aber es war hier irgendwie anders – trauriger ohne Leila, Moepi und Prosecca. Auch das Haus spürt das. In seinen Mauern wurde geliebt und gehasst, es gab jubelnde Lebensanfänge und todtraurige Enden. Schritte hallten und verhallten, viele zogen ihre Spuren auf seinen schweren Holzböden. Wahrscheinlich ruhen hundert Schichten Kalk auf seinen dicken Wänden, Hunderte von Ster Holz sind in Rauch aufgegangen. Wir waren alle etwas melancholisch, und wahrscheinlich kann man mit Häusern doch reden.

KAPITEL 12

Ein bisschen Jägerlatein

ABER ES MUSSTE WEITERGEHEN mit dem ganz normalen Leben. Schlafen, ein bisschen jagen. Ach ja, jagen: Das sind Lüg-dir-in-die-Tasche-Weisheiten der Katzenlobbyisten: Eine Amsel erwischen Katzen nie! Demnach sind wir umgeben von einer schwindenden Population von morbiden Amseln oder solchen mit Todessehnsucht, Dangerfreaks, die eben doch Pina Grigia von Grabenstätt – sie ist auf Vögel spezialisiert – zum Opfer fallen. Der Traum vom Fliegen? Nonsens, Vögel mögen fliegen können, aber diese Freiheit ist nur von kurzer Dauer. Sie enden doch im Magen einer Katze! Ich jage selbst gar nicht, das ist unter meiner Würde. Der verstorbene Moebius hingegen jagte gerne Blindschleichen, und was der Mensch dann veranstaltete, war großes Kino, ganz großes Kino! Panikattacken, wildes Fuchteln, Fluchttendenzen, Schreie, als handele es sich um eine Viper, Ana-

conda oder Schlimmeres. Kürzlich hatte er auch mal eine Blindschleiche in der Tenne abgelegt, und die Wirtin von der Gastwirtschaft vorne im Ort kam zu Besuch. Insider wissen, dass man über den Lieferanteneingang im Stall auch den Wohnbereich betreten kann. Sie also auf dem Weg zur Menschin, die nicht da war, und stolperte quasi über die Schleiche. Dass diese Frau so rennen kann! Sie machte dann gleich mal den ganzen Ort rebellisch, ihre Schwester hat die Schleiche dann in einem Eimer abtransportiert. Das muss bei denen ein genetisches Problem sein, die Tochter der Wirtin hat auch schon mal eine Vogelspinne in Echelsbach gesehen. Ja, ja, der Alkohol und die Drogen, da halluziniert man gerne mal!

Ansonsten war Moepi auf Eidechsen und Frösche spezialisiert. Seit die Menschen uns kennen, wissen sie, dass Frösche in Todesangst zetern können, so schauerlich, dass es sogar uns Katzen eiskalt über den Rücken läuft. Diese Tonlage beeindruckte auch Moebius so sehr, dass er in zehn Zentimetern Entfernung vor dem Frosch hockte und diesen mit zusammengekniffenen Augen anstarrte. Die Menschin sprang aus dem Bett, war sich schlagartig bewusst, dass der Tag mal wieder so richtig gut begann, und griff ein, diese Spielverderberin. Sie hätte Moebius sein Werk ruhig vollenden lassen und dem aparten Knacken der Knö-

chelchen zuhören können. Aber nein, sie musste diesen riesigen und warzigen Frosch retten. Sie packte Moebius, sperrte ihn ins Bad und trat mutig dem Frosch entgegen. Nein, der war kein verzauberter Prinz! Als sie in die Hocke ging, sprang er ihr mit einem Riesensatz fast ins Gesicht. Schließlich gelang es ihr, das Tier in einem Zimmereck einzukesseln. Sie nahm ihn mit Todesverachtung auf. Sie trug ihn vorsichtig hinters Haus. Als sie ihn im taufeuchten Gras abgesetzt hatte, blieb er sitzen und betrachtete sie. Sie hat wahrscheinlich doch gedacht, das sei der Froschkönig. Gottlob hat sie ihn nicht geküsst. Auch Menschinnen sind lernfähig, sie hatte in ihrem Leben so viele Frösche geküsst, die sich in alles andere, bloß nicht in einen edlen Prinzen verwandelt hatten, dass es schlau war, diesen Versuch erst gar nicht zu wagen. Die Menschin ging dann wieder ins Bett, und nach einer halben Stunde stellte ihr Bianchi eine Pfote ins Gesicht und fuhr ganz leicht und zierlich die Krallen auf ihrer Backe aus. Das tun wir gerne, wenn wir Aufmerksamkeit suchen und die Menschen wieder so menschig langsam sind. Als die Menschin dann mühsam die Augen aufschlug, starrte sie in ein Katzenmaul, das eine Eidechse trug. Wir hatten eben heute Morgen einen Jägerwettstreit ausgerufen.

Natürlich jagen wir auch Lebloses. Pina Grigia hat nun mal den ihr tief innewohnenden Auftrag, sämtliche Kronkorken und Mineralwasserschraubverschlüsse in Schuhe einzuarbeiten. Und da die Menschin Flaschen nie akkurat verschließt – der Mensch regt sich darüber immer auf wie Rumpelstilzchen –, popelt sie die Deckel runter und kommt ihrer Sendung nach. Die Menschin zieht einen Schuh an und schreit wie Hölle, bewirft Pina Grigia mit dem Verschluss, den diese begeistert durch den Gang treibt und dabei versehentlich auf die Kante des Wassernapfs tritt, der dann den Gang überflutet. Kettenreaktion nennt man so was, und das alles nur, weil die Menschin so unordentlich ist.

KAPITEL 13

Die Strohschupp'schen Turbos

ALSO, UNSERE MENSCHIN, diese Mama Samtpfote, Mutter Teresa aller Katzenfindlinge, hatte nicht mehr den richtigen Drive, was Rettungsaktionen betraf. Sie überließ das sogar Nachbarin Agnes, die mit einer Lebendfalle schließlich zwei kleine Wildlinge einfing. Die verbrachte sie in unsere Vinothek, das einzig Edle in unserer Ruine. Unsere Vinothek war in Ostpreußen natürlich größer. Diese beiden waren so was von wild, dass sie der Menschin beim Versuch, sie einzufangen, die gekalkten Wände hochgingen, als hätten sie Saugnäpfe an den Pfoten. Und sie haben sich dermaßen in der Hand der Menschin verbissen, dass man das Rabenschwarze von den beiden mit den entzückenden kleinen Zähnchen erst mal aus dem Fingernagel ziehen musste. War etwas verbissen, der Kleine! Sie war melancholisch genug, diese beiden der hervorragenden Frau Fasching von der Tier-

hilfe zu geben, kluger Schachzug, ein schöner Tag brach an. Diese beiden blieben uns erspart!

Einige Wochen später fing Agnes wieder zwei so Stadel-Elende ein. Sie setzte sie in einen Kaninchenkäfig bei sich im Gang ab, damit sie erst mal etwas zutraulicher würden. Sie wissen schon: riesige Ohren, spitze Gesichtchen, Kulleraugen, Kindchenschema und diese armen Viechlein im kalten Gang. Ich hätte jede Wette gehalten, ich wettete auf vier Tage, die Menschin hielt sieben durch, dann wohnten die beiden bei uns. Anfangs hießen sie Semmel und Socke. Dabei hätte man es dann auch belassen sollen. Aber die Menschin hat natürlich gerne etwas Hochtrabenderes. Nun heißt die Semmel Ciabatta von Strohschupp – gut gewählt immerhin, denn sie erinnert ja wirklich an diese ausgebleichten Weißbrote. Die Menschen sagen Tschabele zu ihr, dazu muss man jetzt nicht mehr sagen, oder? Und die wilde Wutz mit den weißen Socken schreibt sich nun Trikolore von Strohschupp und wird Trika oder die Rennsemmel genannt. Sie wäre auch mal besser die Socke geblieben, sie hat wirklich was an der Mütze oder besser an der Socke. Weswegen die Dreifarbigen Glückskatzen sein sollen, entzieht sich meinem Wissen, ist sicher wieder so eine Erfindung der Menschen, dass man diese gefleckten, gescheckten Exemplare überhaupt an den Mann bringt. Ein Glück ist die ja wahrlich

nicht, sie schaukelt so lange an Palmen, bis die umfallen, sie gräbt Blumentöpfe um und räumt Tische ab. Die Menschin findet das ja meist noch witzig, der Mensch nicht so sehr. Solche Turbolader hatten wir noch nie. Die rasen unentwegt durch alle Räume, in Geschwindigkeiten, in denen sie einen Kondensstreifen hinter sich lassen. Natürlich erst, seit sie im ganzen Haus unterwegs sein dürfen, anfangs waren sie in der Stube kaserniert, waren das ruhige Zeiten! Bei denen haben wir zwei Wochen gefaucht, Bianchi sogar drei. Pinele hat es in der Pfote gezuckt mitzuspielen, aber sie entete dann doch angewidert weiter. Man darf sich nicht einwickeln lassen!

Erschwerend kam hinzu, dass die Menschin die Pferde ausmistete. Also, ich meine, das ist ja an sich löblich bei diesen Stinkern, aber ihr Weg zum Misthaufen führt sie an der Scheune des Nachbarn vorbei, just an einer Stelle, an der ein Schalbrett heraushängt. Das sieht zum einen unordentlich aus, das hätte es in Ostpreußen nicht gegeben. Zum anderen aber war es ein Katzeneingang ins Heu für die ganzen Proleten, Hölderlin war da natürlich auch dabei. Und aus diesem Loch quiekte es jämmerlich heraus. Sehr jämmerlich. Ich hatte das schon seit drei Tagen gehört, dass so eine der wilden Rabenmütter da ihre Jungen zurückgelassen hatte. Die Menschin hörte es auch, und weil die Verlassenen so sehr Hunger hatten, trauten sie sich heraus. Die Menschin griff sie, eins nach dem anderen, am Ende waren es drei absolut verelendete Kreaturen mit völlig verklebten Augen. Aber – und das war das Kernproblem – sie waren langhaarig. Alle stürzten rüber zu Agnes und begannen diese Viechlein zu päppeln, weil die ja so süß waren. Ha! Bei meinem Senior in der Küche, Frechheit! Eines starb in der ersten Nacht, die anderen beiden sind immer noch da. Gori und Schnurri, in meiner Küche, ich sage das nochmals! Sie sind langhaarig, außer mir und dem verstorbenen Moepi hat aber keiner langhaarig zu sein, ich boykottiere seither die Nachbarn, schade um den Senior, aber so viel Treulosigkeit muss bestraft werden.

Als Alternative liege ich auf der Fußbodenheizung, eine der wenigen menschlichen Erfindungen, die ich schätze. Da hat einer mal mitgedacht, wahrscheinlich hatte er Katzen. Aber Sie können es sich vorstellen, wie meine Alternativen aussahen. Ich hatte sozusagen zwischen Fußpilz und Hautausschlag zu wählen, zwischen Hagel- oder Graupelschauer. Drüben diese Langhaarigen und bei uns diese Turbolader. Ich nahm die Turbos, inzwischen leben wir mit ihnen oder ihren Kondensstreifen, das ist nicht mehr meine Altersklasse. Wir hören die sich wiederholenden Geschichten von großen Schaumschlägern. Trikolore ist nun schon zweimal in die Badewanne gefallen, in der die Menschin saß. Sie wollte den Badeschaum jagen, die Pfoten wurden nasser, der Badewannenrand auch – und Abfahrt. Gut, Moepi ist das auch schon passiert, Prosecca auch, mir nie! Aber gleich zweimal in völliger Lernresistenz, das gibt mir zu denken. Es ist auch keiner und keinem von uns je gelungen, die schwere Klappe, die in alten Bauernhäusern bei Bedarf die Stiege nach oben abdichten kann, zuzuschmeißen. Trikolore schon. Und dann starrt sie dich an mit diesen Riesenaugen und wirkt wie ein Wüstenfuchs mit den viel zu großen Ohren, in die sie wahrscheinlich nie mehr reinwächst. Die Menschen sind dann ganz entzückt. Und dann sitzt diese dreifarbige Rennwutz da mit schräg gelegtem Köpfchen und erzählt dem Menschen, sie sei eine ostpreußische Gräfin, die übers Haff flüchten musste. Also spätestens bei den Trakehnern hab ich ihr dann auf die Nase gehauen. Bis die meine Geschichten erzählen darf, muss sie sich wirklich noch hocharbeiten!

KAPITEL 14

Curiosity kills the cat – beinahe

IHR MENSCHEN SAGT: »Curiosity kills the cat«, das muss natürlich nicht sein. Bei mir ist Neugierde immer auch Wissbegier, aber Ciabatta von Strohschupp hat es echt übertrieben. Sie ist eben – unter uns gesprochen – nicht die Allerschlauste. Eines Morgens begann das erbärmliche Geschrei um fünf Uhr. Um sieben hat sie's dann auch schon gehört. Die Menschin eilte hinaus, stellte ihre kurzsichtigen Äuglein scharf, versuchte zu erwachen. Auch so was Menschendämliches: Bis die mal auf hundert Prozent fahren, ist die Beute über alle Berge. Manche von denen wachen anscheinend den ganzen Vormittag auf, um dann ab Mittag rapidest abzubauen.

Sie war dann aber schlagartig wach, weil unter dem Baum von rund fünfundzwanzig Metern Höhe Tricolore saß und hinaufheulte und von oben Ciabatta herunter. Von ganz oben, also wirklich oben-

oben! Hoch interessiert und angezogen vom Geheule fand sich nach und nach eine gemischte Gruppe ein. Unser gesamtes Team und einige Nachbarskatzen waren dabei, dann auch Menschen mit jeder Menge guter Ratschläge im Gepäck. Von »Feuerwehr holen« über »Warten« fand ich eigentlich »den Baum umschneiden« sehr einfallsreich. Warten ist nur gar nicht so die Spezialität der Menschin. Die Feuerwehr wollte der Mensch nicht bemühen, weil ihm das peinlich war. Und so schrie die Menschin unten am Baum mit Tricolore um die Wette, die Schaulustigen verzogen sich dann allmählich.

Weil die Menschin wohl heiser wurde oder arbeiten musste oder beides, enteilte sie schließlich in ihr Büro im hinteren Teil des Hauses. Ich hab mich mal auf einen Gartenstuhl gelegt, wie immer

elegant die Pfote übergeschlagen und gewartet. Ich kann sehr gut warten! Gegen Mittag kam die Menschin wieder raus, inzwischen völlig aufgelöst, weil Ciabatta nur noch leise fiepte und Tricolore angesichts der langweiligen Show auch abgezogen war. Sie wollte nun doch die Feuerwehr holen, und als sie das dann hinaufschrie gegen den Himmel und den Baum, war das Ciabatta wohl Drohung genug. Sie begann

den Abstieg oder besser Abflug. Sie stürzte immer mal wieder durch die Zweiglein, verfing sich irgendwie, machte Felgaufschwünge, stürzte wieder, derwuzelte sich, fiel und blieb hängen – und immer so weiter. Herrlich! Großartig! Die Menschin war ganz kurz vor dem Kollaps, die letzten zwei Meter sprang Ciabatta dann und rannte wie vom Teufel verfolgt davon. Menschin, du hättest ihr nicht mit der Feuerwehr drohen sollen.

Ich traf Ciabatta, die die Menschen später nur noch »das Brötchen« nannten, nachmittags auf einem Heuballen schlafend. Sie schlief den Schlaf der Dämlichen, und nun hätte man ja meinen können, sie hätte was gelernt. Hat sie aber nicht.

Einige Tage später kratzte die Menschin Asche aus dem Ofen, den man von der Küche aus beheizt und der in der Stube bollert. Immerhin hatte sie über die Jahre gelernt, dass achtzehn Grad eben keine lebenswerte Temperatur sind! Und sie hat ja nie Zeit. Sie spart sich und dem Leben sogar Sekundenbruchteile ab. Sie wissen schon: keine Zeit, Mineralwasserflaschen oder Milchtüten richtig zuzumachen. Übers Ergebnis muss ich ja nicht weiter reden. Keine Zeit, die Zahnpasta zuzuschrauben. Keine Zeit, das Navi vor dem Losfahren zu programmieren. Keine Zeit, in die Schuhe richtig reinzuschlüpfen – vor allem Letztes bringt ihr ständig übertretene Bänder ein.

Jedenfalls hatte sie keine Zeit, diese Ofenklappe zu schließen, und rein springt Neugierdumpfbacke vom Strohschuppen. Nun hätte das dumme Brot es ja bei dem Ausflug in die Schür belassen können, aber nein, es kletterte ins Innere des Ofens. Man muss dem Schicksal danken, dass der Menschin ein Anruf dazwischenkam und die Klappe offen blieb. So lange bis Ciabatta wieder ausgestiegen war. Sonst wäre diese Mitbewohnerin spätestens am Abend in Rauch aufgegangen. Die Menschin hatte das alles ja gar nicht mitbekommen, so wie Menschen ja generell immer nur das Unwichtige mitbekommen. Am Nachmittag saß sie dann mit zwei so Frauen beieinander, die auch solchen Reit-Felldeppen wie unseren im Stall frönen. Und die eine rief: »Ach, seit wann hast du denn nun auch 'ne graue Katze?«

Seit sehr kürzlich, kann ich dazu nur sagen. Sie also der grauen Katze hinterher, die sich als Ciabatta in Anthrazit entpuppte. In Ölig-Anthrazit! Eigentlich auch wieder ein ganz großartiger Auftritt. Ja nun, manchmal denkt die Menschin mit und rief sofort die Tierärztin des Vertrauens an. Die hatte einen ebenso einfachen wie erschreckenden Vorschlag. »Das Zeug muss runter. Wenn sie das ableckt, ist das hochgiftig. Muss was Öllösliches sein. Pril oder so.«

Na merci, Mausi, sag ich da nur. Wir sind eine Spezies, die ungern badet und schon gar nicht in Pril oder Palmolive, wo man angeblich seine Hände drin baden soll. Aber gut, der drohende Tod des dämlichen Tierchens beflügelte die Menschin und eine der Pferdefrauen. Und sie taten es wirklich: Rangen Ciabatta nieder, entölten und schamponierten, frottierten und fönten sie. Das war dann das Ende. Ciabatta, halbnass und nur noch lichtgrau, entfleuchte fauchend, die anderen beiden leckten ihre Kratz- und Bisswunden beziehungsweise hantierten mit Jod. Scheint ziemlich zu brennen – Menschen sind Weicheier!

KAPITEL 15

Nasi, die Schnudel und der Pol

ES WAR WIEDER FRÜHJAHR. Ciabatta war gerade mal ruhig, ihre Schwester Tricolore, diese Schönheit, die sie zweifellos war, aber nicht. Obwohl sie ja längst auch die Fahrt zur Tierärztin hinter sich hatte, war sie von dahergelaufenen Katern fasziniert. Bloß weil man nicht mehr schwanger werden kann, kann man ja dennoch das Abenteuer suchen, liebe Menschen! Oder? Gerade ihr solltet das wissen.

Und so folgte sie einem Kater bis zu dieser grauenvollen Straße. Nach meinem dummen Moebius und der kühnen Prosecca nun auch die elegante Tricolore. Die Menschin war auf eine merkwürdige Art zerstört, voller Selbstvorwürfe, weil sie nicht da gewesen war, voller irrationaler Verzweiflung, wie Menschen eben so sind. Der Mensch war sicher auch traurig, tat aber taff, verdrängte, wie Menschenmännchen eben so sind.

Es war zudem wieder Frühsommer – Zeit der verelendeten Bauernhofkätzchen. Ich spähte in alle Schuppen und hinter Heustadel und Holzhaufen. Noch ein Hendl verkrafteten wir alle nicht mehr. Dank dem groß angelegten Kastrieren, wozu die Menschin nun auch die alte Nachbarin gewinnen konnte, war nichts Rettenswertes in Sicht. Denkste! Glaubste!

In Kontakt mit der Tierärztin des Vertrauens und der reizenden Dame namens Fasching, die sich zeitlebens armer Katzen angenommen hatte, war eines Tages die Rede von einem Hof in Rottenbuch, wo man unbedingt … Sie ahnen es! Frau Fasching machte leider keinen Faschingsscherz, sie brauchte tatsächlich eine Strohfrau, die vorgeben sollte, dass sie kleine Katzen wolle. Sie wollte natürlich eigentlich gar keine, sondern errettete diese nur von den üblen Zuständen oder dem Ertränken oder Erschlagen oder was sonst so gerne mal praktiziert wurde in bäuerlichen Kreisen. So weit der Plan, toller Plan! Muss ich weiterreden? Ahnen Sie bereits den Ausgang?

Die Menschin fungierte also ganz als Strohfrau, die auf gleich zwei Höfen Katzen entzog und diese zu Frau Fasching transferierte. Darunter aber war ein weißes Winzlingsmädel, das nur eine schwarze Nase hatte: Nasi. Große Liebe, erster Blick und so weiter. Nasi musste mitgenommen werden, und

weil wir anderen ja alle schon so alt (hah!) und abgeklärt waren (Ciabatta und abgeklärt!), sollte sie eine gleichaltrige Gefährtin bekommen. Die Wahl fiel auf ein Etwas mit einer knallrosa Nase, riesigen Kulleraugen in einem Hexengesichtchen. Dazu ein weißer Latz, ansonsten Schildpatt. Schildpatt, ich bitte Sie! Als Kamm, na gut, aber wenn die Natur bei einer Kätzin es schon nicht schafft, die Farben anständig zu trennen!

Während bei Nasi der Name ja klar war, wurde bei diesem Exemplar im Freundesplenum beratschlagt. Es wurden gar Namenspatenschaften vergeben, und am Ende wurde sie Cleopatra vom Moos genannt. Warum aus Cleo bald schon »die Schnudel« wurde, entzieht sich meinem kätzischen Wissen. Schnudel, die Nudel, die tiefergelegt durchs Leben ging und das bis heute tut. Etwas kurzbeinig, diese Hexe! Sie ist wie ein Baummarder, sie ist eine Extrazicke, sie hat sich später jagdlich dann auch auf Eidechsen und Schlangen spezialisiert.

Das ist auch immer drollig: Menschen werden ja ganz komisch, wenn sie Schlangen sehen. Die Schnudel legte öfter Blindschleichen an exponierten Plätzen ab, und der Mensch hätte dann am liebsten alles angerufen: Polizei, Feuerwehr, Bundesgrenzschutz, GSG 9, THW, Rotes Kreuz. Wegen einer grauen Echse so ein Aufstand! Als die Schnudel dann später was viel Größeres brachte, herrschte erst Drama, dann Ratlosigkeit. Der alte Nachbar war mal wieder der einzige Zoologe im Umkreis, der das Ding treffsicher als Ringelnatter identifizierte. Wegen der Halbmonde am Kopf. Weiß doch jedes Kind!

Aber zurück zu Cleo-Schnudel. In ihren frühen Tagen wurde sie krank, sehr krank, wir dachten schon, sie geht über den Jordan. Dank allem, was Schulmedizin und alternative Heilkunst so zu bieten hatten, überlebte sie, und irgendwie geriet dar-

über die dauerlustige Nasi, die einfach mit allem und jedem spielte, ins Hintertreffen. Und auf einmal kauerte sie nur noch. Erbrach ihr Essen. War apathisch. Versuchte noch zu spielen und erschlaffte plötzlich. Bekam kaum noch Luft. Dabei wollte sie so gerne leben. Wollte der Welt zeigen, wie charmant Katzen sind. Sie wäre auch eine großartige Promoterin unserer Spezies gewesen. Wäre sie nur älter geworden. Es war eine unheilbare Seuche, ihr Leiden wurde beendet. Ihr Grab war so winzig, so winzig, wie Nasi gewesen war.

Wir waren alle traurig, es trifft immer die Guten. Die Menschin machte mir allmählich wirklich Sorgen. Die Verluste überstiegen allmählich die Freuden. Immer nur ein stetiges Gehen, wenig freudige

Ankünfte. Ihre Menscheneltern waren zudem sehr alt und krank. Sie war ständig unterwegs zwischen unserem alten Gemäuer und diesen Eltern. Menschen finden den Punkt nicht, an dem sie sich zu viel zumuten. Sie halten nicht inne und putzen sich erst mal ausgiebig. Sie legen sich nicht schlafen, um sich dann viel später zu strecken und erstarkt hinauszugehen.

Der Mensch wurde parallel dazu immer merkwürdiger und war eigentlich nie mehr da. Er saß an etwas, was Menschen »Stammtisch« nennen. Der Sinn ist uns Katzen völlig fremd. Immer dieselben Menschen (meist Menschenmännchen) trinken das immer gleiche Biergetränk, und das in großen Mengen. Dadurch werden sie kurz ungeheuer gesprächig, dann je nach Persönlichkeitsstruktur aggressiv oder depressiv. Weil es ja immer dieselben Menschenmännchen sind und diese auch jeden Tag da hocken, reden die auch immer dasselbe. Bei den Rednern handelt es sich meist nicht um die Spitze der Evolution und die Meister der Rhetorik. Die meisten dieser Menschenmännchen haben sonst nix, kein echtes Zuhause, keine Freunde – aber unser Mensch hätte doch ein Zuhause gehabt! Und uns!

Und genau das war wohl eines seiner zahlreichen Probleme. Wir waren zu viele. Wir brachten Ärger und Leid und Tod. Er warf der Menschin vor, sie würde uns ihm vorziehen. Was Unsinn ist. Wir Katzen können fast alles alleine – nur Dosen öffnen können wir wirklich nicht selbst. Und ganz ehrlich: Ein wildes Leben nur mit Mäusen ist ungesund, und Mäuse sind keine ausgewogene Ernährung. Er hingegen konnte sich doch Dosen gut selbst öffnen. Und Bierflaschen. Die Vegetarierdeppen draußen im Stall hatten ein ähnliches Problem. Sie konnten sich ihr Heu auch nicht selbst runterwerfen. Pferde sind generell dämliche Tiere mit großen Köpfen, denen

man das Denken wahrlich nicht überlassen sollte. Wie dumm ist das denn, feist-fette und unelastische Menschen rumzuschleppen? Wir machen das andersrum, will meinen: Wir belegen Menschen und lassen uns von denen tragen, so lange bis wir sie vollgehaart haben und ihnen wahlweise eine Kralle in den Hals gehakelt haben.

Aber zurück zu ihm: Hinzu kam, dass er bei so einem Brauchtumsritt sein Bein vor ein austretendes Kaltblut mit schwerem Eisenschuhwerk gehalten hatte und ihn das nach Murnau, wo ich ja auch schon gewesen bin, ins Krankenhaus brachte. Jedenfalls entwickelte er eine Art Tierphobie, glaub

ich. Das rote Pferd im Stall hatte laut seiner Aussage »den bösen Blick«. Sie hat ihm allerdings auch mal vors Schienbein (das andere) getreten. Dazu sag ich nur: So dämlich Pferde auch sind, weit einfühlsamer als Menschen sind sie allemal und merken binnen Sekunden, ob so ein Mensch Angst ausdünstet.

Und dann dieses Gemäuer, diese Ruine, wo immer was zu tun war. Er war an sich ein schlaues Köpfchen, aber wahrhaft kein Handwerker. Da halfen dann seine Arbeitshosen auch nichts, die immer so neu aussahen, als hätten sie fast eine Bügelfalte. Und sein Eintreten bei der Feuerwehr mag ja löblich sein, aber wir Katzen, die wir elegant Bäume hinaufjagen, fanden das etwas bizarr. Wieso geht jemand, der bereits auf einem Küchentisch nicht mehr schwindelfrei ist und meint, auf dem Mont Blanc zu stehen, ausgerechnet zur Feuerwehr? Ich darf mit meiner Lebenserfahrung da schon mal spekulieren. Er war auf der Flucht vor uns (dabei sind wir die nettesten Katzen der Welt, ich bin auch noch die klügste und schönste), und er wollte unbedingt im Dorf dazugehören. Menschen sind komisch. Warum dazugehören? Ich bin, wo ich bin. Und wo ich bin, erhellt meine Aura diesen Ort. Diese Menschen sind auf der Suche, nie sie selbst.

Das ist uns Katzen fremd. Warum will ich jemand anderer sein als der, der ich bin? Wir sind perfekt, und auf der Suche sind wir höchstens nach Futter, sofern wir uns nicht sowieso einen Menschen halten, der dieses immer und üppig bereitstellt.

Jedenfalls war die Stimmung bei uns schlecht, die Aura wurde immer negativer, und wir pissten im Hausgang auf den Teppich und auf seine Schuhe. Aber unsere Warnhinweise wurden ja nicht gehört! Es kam dann so, dass er auszog und sich auch gleich eine neue Menschin suchte. Ich meine: Ich mochte ihn eigentlich, wenn er nicht maulte und tobte und mal ganz ruhig vor dem Fernseher saß und einschlief. Sie mochte ihn ja wohl auch.

Nun saß sie also in der Ruine, mit uns und den Pferdedeppen und ihrer Arbeit und einem Menschentag, der nur vierundzwanzig Stunden hat. Wir Katzen sehen die Zeit ja auch ganz anders, aber sie hatte gottlob ein paar gute Freunde, und irgendwie kamen wir durch.

Und dann war da noch so ein Preiß, der im Dorf zugezogen war. Der Preiß baute diesem nächsten Felldeppen, der dazukam, eine Box. Littlefoot hieß das Ding; dessen Sinn war mir völlig unklar. Auf die anderen konnte man sich wenigstens setzen und sich rumschaukeln lassen, aber der war so klein, dass er als Hund oder fetter Kater durchgegangen wäre. Shetlandpony nennt sich so was. Aber besser noch ein Vegetarier als ein Futterkonkurrent.

Gut, also diesen Helfer für alle Fälle nenn ihn jetzt mal den Ruhepol. Wir haben alle aufgeatmet, als der öfter bei uns auftauchte. Für uns Katzen sind nämlich schlechte Stimmung und eine negative Aura extrem anstrengend. Wir spüren das, wir werden da körperlich krank. Zwar suchen wir oft die Nähe von negativen Menschen, weil wir wissen,

wo's zwickt, aber das kostet uns auch Energie. Es gibt eben für alles ein Maß und ein Übermaß. Wir Katzen ziehen dann im Fall von Übermaß gerne mal aus und steuern in ruhigere Gefilde. Den Lärm lauter Menschenstimmen vertragen wir nämlich auch ganz schlecht. Als der Ruhepol kam, war das, als ob jemand ein Fenster geöffnet hätte und mit einem gewaltigen Luftzug alle aggressiv aufgeladenen Teilchen hinausgefegt wären. Wir haben dann auch umgehend unser Protestpissen im Gang eingestellt! Ehrlich! Und unsere Koffer (auch die imaginären) wieder ausgepackt. Umgezogen sind wir dann nochmals, aber dazu später mehr.

KAPITEL 16

Requiem für Pinele und der Warzenkopf

PINA GRIGIA VON GRABENSTÄTT mochte ich immer. Sie war ein ganz eigener Charakter. Sie war elegant und klug. Sie war ganz Katze. Sie hätte sehr gut meine Nachfolgerin werden können als Chefin der Truppe. Hätte, wäre sie nicht so krank gewesen. Sie hatte von Geburt an ein Herz, das nicht richtig funktionierte. Ihre eine Herzklappe machte nicht mehr zu, dieses ganze komplizierte Funktionsgefüge spielte nicht richtig zusammen, und die Tierärztin des Vertrauens sagte schon ein halbes Jahr vorher, dass sie sich wundern müsse, dass Pinele noch lebte. Wir sind zäh, Pinele war zäh. Am Ende waren sie noch in Kempten in der Tierklinik. Pinele lag hingestreckt auf dem Tisch und ließ alles Schallen und Röntgen mit einem Schnurren über sich ergehen. Der Tierarzt war beeindruckt von ihr. Sie hatte diese Noblesse, und sie fehlt hier. Sehr. Die Menschin hat ihr ein Requiem geschrie-

ben, das möchte ich gerne zitieren. Besser krieg ich es auch nicht hin.

»Sie sitzt da, vor dem Wassernapf, den Kopf gebeugt, sie will trinken, und doch ist das eine unendliche Anstrengung, sie sitzt da vor dem Futternapf, sie will essen, und doch ist das eine unendliche Anstrengung, ihre Knochen staken aus dem struppigen Fell, nicht viel mehr als ein bepelztes Skelett. Es ist Zeit, Abschied zu nehmen, wir haben ein halbes Jahr gewonnen, wo sie noch schnurren und sich auf den Rücken drehen konnte, um sich den Bauch kraulen zu lassen, ein Bauch, der nicht mehr war als ein bepelzter Hohlraum.

Sie wird gehen müssen, dabei war sie die Katze auf der Tastatur, sie war die Katze, die Stunden vor dem Bildschirm lag, die Schreibtischleuchte galt ihr als Wärmelampe. Ihre entspannt gestreckten Beine mussten immer wieder Tasten berühren und scheinbar sinnloses schreiben, am Ende waren ihre Beine nur noch Mikadostäbchen. Sie war Miss Büro, sie war von den anwesenden Katzen diejenige, die viel mehr anwesend war als die anderen.

Ich habe sie gesehen in ihren ersten Lebenssekunden, dieses nasse Tigerchen, sie war jene, die, kaum hatte sie die Augen offen, gefaucht hatte, sie, diese kleine, kühne, streitbare Tigerin. Sie starb auf meinem Bauch, die letzte halbe Stunde saßen wir

da. Sie in eine Fleecedecke verpackt, die Augen riesig, die Füße und die Ohren trotz Fleece kalt wie Eis. Sie hatte gute Freunde, auch eine Tierärztin, die im Graupelschauer dieses entsetzlichen Ostermontags ins Haus kam.

Sie schlief leise ein, das verzweifelte Herz, das rasende Herz, das taktlose Herz durfte endlich aufgeben. Mit so einem Loch in der Herzklappe hat man keine Chance, auch nicht als Kämpferin, die so gerne leben wollte. Leben wollen heißt nicht leben können.

Sie hätte mehr als die sechs Jahre haben sollen, sie, diese treue Seele, sie, diese begnadete Vogelfängerin, wofür ich sie natürlich gehasst hatte. Sie war die Elegante unter den eher kurzbeinigen Kumpels, sie war immer mehr Sphinx mit ihren unergründlichen, schrägen Katzenaugen inmitten der anderen Kulleraugenmiezen. Sie war diese hochbeinige Schönheit, entwachsen aus dem kleinen Fellknäuel inmitten von vier Geschwistern. Sie war dazu geboren, Göttin zu sein, auch Chefin des Ladens, sie hätte sich hochgearbeitet zur Herrscherin, aber mit so einem Herz kann man nicht herrschen, kein System läuft ohne Motor.

Sie liegt jetzt bei den anderen im Gräberfeld unterm Pflaumenbaum, die anderen wurden überfahren, herausgerissen aus dem kunterbunten, spannenden Katzenleben. Sie ging langsam, sie verfiel, jeden Tag mehr beäugt, kritisch beäugt, ob sie noch Freude am Leben habe, ob die guten Stunden die schlechten überwogen.

Wir waren gute Freunde, gute Mitbewohner, wir kannten uns. Wir wussten, wann es Zeit war, loszulassen. Ich wusste es, vielleicht wäre der Zeitpunkt einen Tag früher gewesen oder einen später, aber das Zeitfenster war richtig. Es war richtig, zurückzutreten in unserem Egoismus. Obwohl sie doch nun überall fehlt. Weil die Beine nicht mehr die Tastatur berühren. Weil sie nicht mehr Bocksprünge macht zur Begrüßung, weil sie an all den Plätzen, wo sie doch sein müsste, nur Leere hinterlässt. Wieder wird eine Katze am Bildschirm der Tierärztin gelöscht sein, Leben sind so leicht zu löschen. Pina Grigia von Grabenstätt, für ihre Freunde Pinele, kommt nicht mehr zurück.«

Ja, liebe Menschen, ich nenn das mal: leben und sterben lassen. Ich nehme ja auch meine Medikamente, ungern zwar. Sie weicht so 'ne dämliche Tablette in Wasser ein, packt das alles in 'ne Spritze, und ich krieg es ins Maul. Ich zier mich jedes Mal, ich hakle auch mal meine Krallen fester ein, aber gut: Am Ende soll sie ihr Erfolgserlebnis haben.

Ich schluck dann halt, schmeckt auch gar nicht so schlecht und tut meiner Pumpe gut. Bei Pinele hat das leider nicht geholfen, ihre Pumpe war einfach defekt. Wir haben ja diese Tierärztin des Vertrauens, und wir schätzen an ihr, dass sie ehrlich ist. Sie lässt nichts unversucht, aber sie ordnet keine sinnlosen Therapien an. Und sie hat mal einen klugen Satz gesagt, als so eine Nachbarin meinte, wir Katzen würden uns doch eh irgendwohin zurückziehen und sterben. Das sei doch natürlich. Da sagte die Tierärztin: »Ich finde es grauenvoll, wenn das Tier verschwindet. In so einer Phase wird es irgendwo elend verenden. Euthanasie ist der letzte Liebesbeweis an ein Tier. Wenn es irgendwie geht, den Tierarzt bitten, nach Hause zu kommen! Das bedeutet weniger Stress für das Tier und für den Menschen, der dann auch ungehindert trauen kann. Oftmals ist zum Beispiel eine Autofahrt von der Praxis retour fast unmöglich und gefährlich.« Es gibt immer ein paar kluge und einfühlsame unter dem Menschen – ein bisschen Hoffnung gibt es noch für diese verkorkste Spezies.

Wir erholten uns alle bis zum Herbst, auch wenn Pina Grigia uns so sehr fehlte. Wir dachten alle, sie käme plötzlich ums Eck. Aber das Leben ging weiter – und wie! Fast bin ich versucht, so einzuleiten:

Und es begab sich an einem nebligen Herbsttag ... Das war einfach wieder großes Kino, ganz großes Kino! Vorne an der großen Brücke, die ich nur vom Hörensagen kenne, auf der die arme Prosecca aber schon gestanden hatte, weil sie ihre Neugier und Respektlosigkeit immer weiter getrieben hatte, an dieser Brücke also gibt es ein kleines Stüberl und Wirtin Marlene. Da sitzen die meinigen öfter mal, es war schon dämmrig, als der Ruhepol rief: »Da sitzt 'ne kleine Katze unterm Auto.« Nicht sonderlich intelligent und einfühlsam stocherte die Wirtin mit einer Stange unter dem Gefährt, und heraus schoss etwas kleines Schwarzes bis hinter einen Schuppen am Ende des großen Parkplatzes. Und dann sprach die Menschin mal wieder so einen bedeutungsschwangeren Satz: »Ich verlasse den Parkplatz nicht eher, bis ich das Tier geborgen habe.« Na merci!

Der Pol wurde nach Haus geschickt, um Futter und einen Katzenkorb zu holen; sie war in Aufregung. Die Wirtin schüttelte bloß den Kopf und meinte lakonisch: »Wie wollt ihr im Dunklen 'ne wilde Katze fangen? Na ja, ich mach euch morgen früh 'nen Kaffee.« Futter wurde hingestellt, das jämmerliche Fiepen war weithin vernehmbar, zum Futter aber kam das Tierchen nicht.

Also begann die Menschin, hinter den Schuppen zu robben. Nun muss man anmerken, dass das Kioskstüberl über ein WC verfügt, dessen Benutzung aber wegen der ständigen Belagerung von Nicht-Stüberl-Gästen fünfzig Cent kostet. So weit, so vernünftig. Nur sind Menschen ja extrem knickrig und scheißen dann lieber hinter eben jenen Schuppen. Menschscheiße stinkt scheußlich, die fressen ja auch jeden Scheiß! Jedenfalls robbte sie also durch die menschlichen Hinterlassenschaften auf das Fiepen zu, er leuchtete und sagte immer mit gelassener Stimme: »Nimm ihn, nimm ihn einfach.« Sie, ganz vermeintliche Katzenkennerin: »Wenn ich jetzt zugreife und erwisch ihn nicht, ist der auf Nimmerwiedersehen weg.« Und so fiepte das Katzenetwas weiter und hoffte auf Rettung. Und sie zögerte, und er: »So nimm ihn doch«. Wie gesagt: großes Kino. Es ging wohl eine Stunde oder länger ins Land, bis sie zugriff und das fiepende Etwas sich auch gar nicht wehrte. Es war rabenschwarz, entkräftet, verwirrt – und froh. Es wurde in den Korb gepackt und nach Hause transportiert, wo die sich mit der Fracht erst mal ins Bad zurückzogen. Klar

im Bad; das ist ein relativ übersichtlicher, abwischbarer Raum. Das Etwas verweigerte die Nahrung, obwohl es wohl wirklich völlig verhungert war. Und dann wurde auch das ganze Ausmaß der Tragödie klar: Irgendwie sah es aus, als hätte es zwei Köpfe. Es war ein Zombie, ein Außerirdischer. Gut, wir haben ja auch das Hendl überlebt, warum also kein zweiköpfiger Zombie?

Der Zombie wurde wieder eingepackt und erst mal nächtens dem diensthabenden Tierarzt vorgestellt, der außer Entwurmung und Infusion gegen die Dehydrierung wenige Ideen hatte. Zombie fraß weiterhin nicht, und sie war nun schon übelst panisch, dass Zombie die Nacht nicht überleben würde. So wurde eine Matratze ins Bad gelegt, das gottlob fünfundzwanzig Quadratmeter hatte, und das Tierchen wurde bewacht. Am nächsten Morgen ging es dann zur Tierärztin des Vertrauens, die bloß mit den Augen rollte und resignierte. »Wo habt ihr das denn schon wieder her?« Den Satz »Kriegst du eh nicht durch« sprach sie schon gar nicht mehr, hatte die Menschin ja auch das Hendl, das alle schon aufgegeben hatten, retour ins Leben geholt.

Was die Tierärztin aber ganz messerscharf kombinierte, war, dass das Etwas, das sie überdies als

Kater identifizierte, gar nicht fressen konnte. Keine Panik: Zähne hatte der schon, nur war der Kopf so unter Eiter, dass der einfach nichts mehr riechen konnte. Und wer nichts riecht, frisst nicht. Und dann wurde auch das Geheimnis der Kopfbeule enträtselt: ein Abszess voller Eiter. Die Tierärztin zog also eine Spritze Eiter raus, die größer als der ganze Kater war, und aus dem Doppelkopf wurde ein Katerchen, dessen Kopf nun etwas deformiert und spitznasig aussah.

Er bekam nun so ziemlich alles, was man in eine halblebige Katze reinjagen kann, und sie begann mal wieder, Katerchen mehrmals am Tag mit einer Spritze mit Milchpampe zu füttern. Nach einer Initialzündung und dem Eintreffen der Pampe an den Geschmacksknospen kapierte er es dann auch und nuckelte. Nach drei, vier Tagen konnte er auch schon alleine schlabbern, und nach einer Woche fraß er auch Katzenkinderfutter. Diese erste Woche verbrachte der Kater im Bad und mit ihm die meinigen. Weil die Menschin fast am Kreuzschmerz zusammenbrach, legte der Pol sich dann ins Bad, damit der Kater nicht so allein sei. Wir wussten alle natürlich längst schon wieder, dass ein neues Elend eingezogen war, hatten auch schon den einen oder anderen Blick drauf erhascht und waren nicht so scharf auf den Zombie.

Nach zwei Wochen Badezimmer-Exil wurde er auf uns losgelassen, der Kopf sah immer noch etwas merkwürdig aus, aber so was wächst sich ja auch aus. Und Respekt, der hatte wohl gute Gene, denn nach der Vorgeschichte erholte er sich rasend schnell. Er war ein Quirl, er war schneller als sein Schatten. Er warf alles runter, machte aus Weinkorken, Papier, Kugelschreibern und Fussilinudeln, die er aus der Packung extrahiert hatte, tolle Spielzeuge. Er war ein Raumgestalter par excellence, ein Panzerkreuzer, wenn auch weit eleganter. Dass er dann den hochtrabenden Namen »Hagen vom Brückengestande« bekam, möchte ich nicht weiter kommentieren. Er war und ist »der Kati«! Wir hatten auch nie einen, der so frenetisch das Klo umgegraben hat wie der Kati. Er ruhte nicht eher, bis alles, was drin gewesen war, draußen lag. Dazu pfiff er. Er pfiff eigentlich immer. Burschi, sag ich, wenn du mal vor einem Mausloch sitzt und dann immer pfeifst wie eine rostige Triller, wird dir das Jagdglück versagt bleiben.

KAPITEL 17

Herr Hölderlin is not amused

SOWEIT ALLES – außer dem kleinen Pfeifer – wieder in ruhigeren Bahnen, wären da nicht bald wieder menschentypische Probleme aufgetaucht. Eine echt sinnlose Spezies, die es sich selbst immer schwer macht oder bevorzugt anderen. Wie bei uns. Also die neue Menschin vom Mensch mochte unsere Menschin rein gar nicht. Mit allem, was da bei Menschen dazugehört, und mit einem gewissen Entsetzen musste ich hören, dass wir wegziehen. Da renoviert unsere Menschin fünf Jahre lang diese Ruine und lässt sich dann vertreiben? Wir Katzen lassen uns doch auch nicht aus dem angestammten Revier verjagen. Aber ich sag ja: Menschenkram.

Jedenfalls lauschte ich immer sehr alarmiert den Erzählungen der Menschin und des Pols von ihren Terminen. Ich hörte raus, dass die meisten Immobilien nicht in Frage kamen, weil wir überfahren wür-

den. Gut so, ich mag diese Lagen an Straßen auch nicht. Das hat mich meinen Sohn gekostet, und darüber komm ich nie weg.

Ich hatte dann auch mal so 'ne Phase, wo ich immer zur Straße gegangen bin und in der Unterführung saß. Ich weiß gar nicht genau, warum ich das getan habe, es war ein Drang. Die Menschin war kurz vor dem Durchdrehen, und der Nachbars Schorschi riet ihr dann, Diesel zu versprühen, weil der so stark stinkt, dass ich dann nicht mehr hingeh. Da haben die echt in einer Nacht- und Nebelaktion die ganze Unterführung und Umgebung verdieselt, und der ganze Weiler fragte sich, was da so stank … Gut, ich bin dann auch nicht mehr vor zur Straße gegangen.

Aber ich schweife ab, retour zur Immobiliensuche: Also, da war dann der Makler mit dem Mundgeruch und dem Haus direkt an einer Reitanlage. Sie würde doch nicht …??? Nein, die Menschen kapierten dann auch, dass diese hysterischen Reiterinnen alle schlecht erzogene Hunde mit sich führen – und die hätten wir dann alle auf dem Grundstück gehabt! Lauter schnüffelnde, bellende Tölen, die in die Ecken pissen. Hunde sind so was von unsauber und so was von laut. Wir rennen doch auch nicht bellend herum, das entbehrt doch jeder Noblesse. Wir schreiten elegant auf den Menschen zu, wir rennen nicht, werden nicht schneller, eher lang-

samer. Wir wedeln nicht wie bekloppt mit dem Schwanz, wir heben ihn erst, wenn wir den Menschen knapp erreicht haben. Huldvoll! Jedenfalls war dann doch ein Einsehen, dass Hundenachbarn nicht zu uns passen – das Haus wurde abgelehnt.

Dann gab es einen Termin in einem Ort mit dem schönen Namen Maderbichl. Das Anwesen war als »zauberhafter Pferdehof« zu einem gar nicht zauberhaften Preis avisiert. Was könnte man alles Leckeres für uns anschaffen – anstatt so ein Anwesen zu kaufen? Weil aber in der Tenne tragende Balken entfernt worden waren und die gesamte Westwand mit ein paar windigen Brettern abgestützt war, zögerte man an der Menschenfront. Auch weil die neu angelegten Räume unter der Tennenbrücke von selbiger wahrscheinlich bald begraben werden würden. Sobald nur ein Huhn etwas scharren würde. Auch weil eine Halle mit löchrigen Asbestplatten belegt war und eine Entsorgung in Polen angeraten wurde. Weil der Reitplatz mehr ein Wasserbiotop war. Weil das Ganze zugemüllt gewesen war wie eine Entsorgungsanlage – bloß unordentlicher. Weil in einem dunklen Stadel an die achtzig Kaninchen vegetiert hatten, und sie hätte schwören können, einige wären schon mumifiziert gewesen.

Na ja, sie ist Schreiberling, sie übertreibt gerne. Weil das ganze Haus von Hunden zugepisst worden war, seit Jahren. Ich hoffe, das hat den Aus-

schlag gegeben, in Hundepisse kann eine Katze nicht leben!

Dann hatten sie etwas ins Auge gefasst, was ganz gut klang. Wieder eine Ruine, aber renovierbar. Bloß fiel dem Verkäufer dann kurz vor knapp ein, dass er ja noch eine Schwester hatte, die ja auch geerbt hatte – und die man ja erst mal hätte fragen müssen … Menschen nennen so was Erbengemeinschaft, und klar: So 'ne Schwester vergisst man doch leicht mal! Also wieder Satz mit x, und es gab noch zig andere Optionen mit großem NIX.

Menschen werden dann ja gerne mal unruhig, zumal die Lage immer unfreundlicher wurde. Dörfer von Menschen sind sehr seltsame Brutstätten von Neid, und Menschen sind so feige. Bianchi spekulierte schon, dass wir vor lauter Menschenpanik abgegeben werden würden. Cleo sah sich schon im Tierheim und wurde noch hexenzickiger als sonst. Keine kann ihre Ohren so flach an den Kopf klappen und so gefährlich aussehen wie Cleopatra vom Moos.

Ich hab meiner Gruppe immer gesagt: Ruhe bewahren, gemach. Sie geben uns nicht ab, die können ohne uns doch nicht leben. Sie ziehen in kein Penthouse in Murnau. Sie ziehen auch an keine Straße, und Platz werden wir schon haben, wenn diese Vegetarierdeppen auch mitgehen. Das war auch Ciabatta wichtig, die inzwischen ausschließlich im Heu lebte und das Haus gar nicht mehr betrat. Mädel, ein Heuschober ist so gut wie der andere, pflegte ich zu sagen.

Und dann hatten sie wohl was gefunden, von Alleinlage war die Rede. Und Wald. Und Wiesen. Das gefiel Bianchi besonders, sie liebt es, Wühlmäuse aus der Erde zu ziehen, diese Proletarierin. Sie saut ihre weißen dünnen Pfoten total ein. Sie frisst diese Mäuse auch noch. Von Moor war auch die Rede, die Schnudel horchte auf. Da würde es schöne wasserliebende Schlangen geben!

Der Tag X kam: sieben Katzen, sieben Karnickel und sechs Ponys – es war also so weit. Nur völlig Verrückte oder besonders Kühne – unsere Menschin ist beides – ziehen von einem Bauernhof zum nächsten Anwesen – mit der lächerlichen Anzahl von zwanzig Tieren. Ich meine, ich kannte das ja schon und sage nur: Grau ist alle Theorie. Einen Raum leeren und dort das Tier am Umzugstag in anheimelnder Ruhe aufbewahren? Das sagen Tierratgeber. Ich sage: Vergiss es! Die Entkernung eines Anwesens mit ausufernder Tenne und Nebengebäuden dauerte Wo-

chen, und über Wochen gab's Kartons. Wir lieben Kartons, sie wurden einzig zu unserer persönlichen Unterhaltung erdacht. Jungspundkaterdepp Kati war wie mein armer Moebius, der ja auch Kartons geliebt hatte. Kati wurde immer erst wieder aufgefunden, wenn der Karton wie durch Zauberhände zu hüpfen begann und quieken konnte. Ich belegte diese Kartons mit eingeschlagener Pfote und hatte diesen angewiderten Blick aufgesetzt: Tut ihr's schon wieder? Warum seid ihr Menschen nur so unstet? Ansonsten sah ich meinem fünften Umzug in meinem vierzehnten Lebensjahr mit Noblesse entgegen.

Der Vorteil bei diesem Mammutumzug war ja auch, dass immer neue Kartonberge, immer neue Verluste von Möbeln zur Normalität wurden. Und ja, wir haben uns eben unter Büsche gelagert und das Ganze kritisch beäugt. Und ja: Wir hatten eben auch inzwischen eine Truppe, die weder von sonderlicher Intelligenz noch erfahren war. Bianchi war die einzige mit Umzugserfahrung, aber ihr ist ja alles recht, solange sie einen Menschen findet, dem sie über die Schulter hängen und den sie vollhaaren kann. Die anderen waren jung und dumm und unverbraucht. Gut für die Menschen, denn so eine wie Ciabatta wanderte verblüfft in eine Katzenbox. Box statt Heuschober-Frühstück, die hatten sie einfach überrumpelt. Wir fünf anderen Kumpels saßen schon in unseren Boxen. Ich kann nur eins sagen: Aus sechs autofahrenden Katzen entweichen Geräusche, die nicht von dieser Welt sind. Frequen-

zen, die jedes menschliche Ohr weit über die Grenze der Belastung führen. Und dann deren Nerven! Natürlich spielten wir mit deren schlechtem Gewissen. Sie sollten nur Übelkeit spüren und Panikattacken haben. Sie sollten sich ruhig fragen, wie wir es wohl überstehen würden. Gut natürlich – aber das muss man ja nicht gleich so zeigen!

Die ersten sechs wurden im neuen Haus entladen. Unspektakulär – aber auch das muss man ja nicht so zeigen. Wir wanderten dann nachdenklich durch die Räume, nahmen wie immer huldvoll Putenfleisch und Knuspertäschchen an – ah ja, dieses schlechte Gewissen bei den Menschen hat Vorteile –, dann legten wir uns schlafen. Ich atmete auf. Das war keine Ruine. Das Haus hatte sogar gerade Wände, einen Kachelofen und Heizkörper, und es war riesig. So weit, so gut, ich riet meiner Truppe zur Ruhe, und wir warteten auf Höldi, der am Tag X nicht auffindbar gewesen war. Und wir warteten auf die Pferdeidioten.

Vom Ponyumzug wissen wir nur vom Hörensagen, muss aber durchaus interessant gewesen sein.

Jeweils mit einer Reiterin bestückt, zogen sie los. Direkt auf der Echelsbacher Brücke musste natürlich ein ratternder Schwertransporter gefolgt von einem trötenden Notarztwagen fahren, was Pony Littlefoot fast einen Herzkasper gekostet hätte. Hinter der Brücke erst mal wildes Gebuckel bei vieren, man war sich sicher, dass heute irgendwas anders ist. Klar, ich hab das ja schon öfter erwähnt: Menschen dünsten diese Angst aus! Etwas gesitteter schien es weiterzugehen, bis unterwegs die ersten zwei mit dem Hänger aufgegabelt wurden. Da begann für Wallach Falco das große Unverständnis. Er kann rechnen: Wir waren sechs, nun sind wir nur noch vier? Herr Falco ist ein kräftiger Norweger, quiekt aber wie ein heiseres Fohlen. Und das eine Stunde lang, bis die nächsten zwei abfuhren. Er brachte dann noch zwei weitere Stunden komplett mit Quieken zu, zwei Reiterinnen und sein Isländer-Kumpel Ruby waren kurz vor dem Hörsturz. Als alle wieder zusammen waren: in die neuen Boxen pissen, fressen. Das war's! Pferde eben!

Fehlte noch der Problemfall: Herr Hölderlin vom Holzstapel. Nun muss man dazu ja wissen, dass Höldi das letzte Jahr wie Ciabatta komplett mit seinen zwei schwulen Freunden vom Nachbarhof im Stadl gelebt hatte. Drei grau-weiße Kastraten, die außer fressen und schlafen und raufen – natürlich reine Scheinkämpfe und Wichtigtuerei bei solchen eierlosen Katern – rein gar nichts in der Birne

hatten. Die Menschin hat ja auch sehr mit sich gerungen. Der arme Höldi, der verliert seine Kumpels. Der arme Höldi, sollen wir ihn dalassen? Der arme Höldi, aber dann füttert ihn ja keiner mehr. Am Ende sollte der arme Höldi eben doch mit.

Der Kater, der einst ein Hendl war, sollte auch mit dem Frühstückstrick überlistet werden. Napf voll machen, nebenhin hocken und dann zugreifen.

Um es kurz zu machen: zwei völlig zerschrammte Mitteleuropäer – einer mit durchgebissenem Daumen und späteren Arztkonsultationen zwecks Eiterfluss. Ein Kater mit blutiger Nase wegen des Kampfes gegen die Box. Eine völlig zerrüttete Transportbox, die nur noch mit Decken und Lkw-Zurrgurten gerettet werden konnte. Die Fahrt war still, im neuen Heim lag Frauchen dann mit dem echauffierten Herrn Hölderlin drei Stunden auf einem Bett und hielt Pfote. Der Kater hechelte und hyperventilierte. Standleitung zur Tierärztin: Crataegutt fürs Herz, Rescuetropfen fürs zarte Gemüt.

Weitere Katzensitter wurden abgestellt, ein perfekter Job für den Sohn vom Pol, der selten durch zu viel Bewegung in den Vordergrund trat. Das war ein Job für den Jungen: im Bett liegen bleiben, den Kater betüteln. Da konnte er nun mit seiner kleinen Spielequiekmaschine daliegen und das tun, was er am besten konnte: nix! Aber ab und zu musste er auch mal aufstehen, Herr Hörderlin huschte dann mit vor Panik geweiteten Augen durchs Haus. Gut, wer durch das Herausschneiden aus einer Wand traumatisiert worden ist, der ist fürs normale Leben einfach gezeichnet.

So weit, so gut, und zurück zu den schlauen Katzenratgeberbüchern oder Foren, wo sich Menschen gegenseitig mit dämlichen Fragen bombardieren und noch dämlichere Antworten erhalten. Jedenfalls soll man Katzen einen Monat lang drinnen lassen, empfehlen diese Tierratgeber. Die haben noch nie mit sieben Freigängern und drei Katzenklos gelebt. Überall hatten die Menschen die »Kerndl« zwischen den Zehen, sie säuberten die Katzenklos fast im Stundentakt. Und kaum waren die sauber, kackten wir wieder rein. Wir hatten uns da auch abgesprochen. Am zehnten Tag war Kapitulation: alle raus! Mal wieder durchschritt ich neue Ländereien. Na,

da hatte sie sich doch nicht lumpen lassen. Wir hatten sogar richtig tolle warme Platten auf der Terrasse als Katzentepidarium. Und Wiesen voll mit Wühlmäusen. Und hohe Bäume – cave Ciabatta! Und keine Autos – allein, allein im Wald saßen wir. Nur Herr Hölderlin traute sich nicht raus und blickte von der Schwelle in die Ländereien.

Nach Wochen ging er doch hinaus oder besser: Er machte sich ganz flach und eilte wie so ein Bodenbedecker auf halb so hohen Beinen wie normal dahin. Nutzte ihm aber nichts! Wer das Wort »Opfer« auch so deutlich auf der Stirn trägt, der bringt es im Leben zu nichts. Der bitterböse Siam des einzigen Nachbarn erspähte Höldi, verprügelte ihn, und Höldi – anstatt sich zu stellen und aufzurichten, er wäre ja doppelt so groß gewesen wie der dämliche arrogante Asiat – flüchtete kopflos. Die Menschin war mal wieder weit überm Limit. Sie suchten und riefen, und am dritten Tag in dunkler und siamfreier Nacht entdeckten sie Höldi in einem Überlaufrohr. Am nächsten Tag gelang es ihnen, ihn irgendwie rauszulocken und einzufangen. Er bekam wieder Rescue und blieb erst mal drin! Ist auch besser für ihn. Er schläft, und wenn der Kati dann wiederkommt, machen die beiden blöde Katerspiele, überkugeln sich oder werfen irgendwelche Plüschtierchen in die Luft, Kater haben eben auch nur Plüsch im Hirn.

KAPITEL 18

Herr Mollinger arbeitet Schicht

EINES TAGES WAR ER DA. Das war noch im alten Haus. Er fiel mir gleich auf, weil er meine Zeichnung kopiert hatte. Schwarz-weiß mit schwarzem Kinnfleck. Natürlich weniger edel als ich mit dem Langhaar. Zudem ein Kater, und dann hatte er Zähne wie ein Vampir. Er traf hier einfach ein und war da. Woher er gekommen war, da hielt er sich bedeckt. Er war aber keiner von diesen Bauernhof-Elenden, eher recht stattlich, und weil er so tat, als gehöre er dazu, sagten die Menschen, der mache den Molli. Der Name blieb ihm. Molli, Herr Mollinger von Rorschach, weil seine Rückenzeichnung wie eines dieser Erkenn-was-drin-Bilder aussah. Menschen, sag ich nur. Brauchen Psychiater und Rorschach-Bilder, wo das Leben doch ganz fundamental ist. Gut und warm schlafen, gut essen, sich pflegen, sich kraulen lassen. Jedenfalls war dieser Molli dann immer mal einen oder zwei Tage weg und kam dann

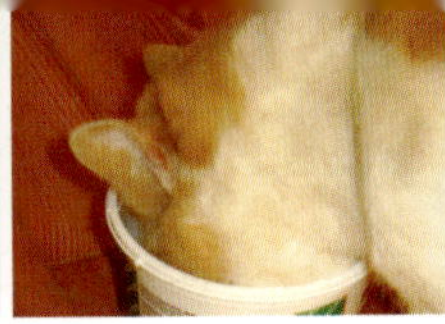

retour, um sich vollzustopfen und auszuschlafen. Auf die Menschen wirkte er immer so, als würde er Schicht arbeiten, klar, das nennt man ja auch vermenschlichen.

Und dann machte der Vampirzahn einen entscheidenden Fehler: Er markierte und pisste ja sowieso unentwegt, aber da markierte er oben in der Tenne, während die Menschin die Hinterlassenschaften von diesen nichtsnutzigen Vorne-rein-hinten-raus-Vegetariern in eine Karre schippte. Durch die Ritzen troff Mollis geruchsintensives Sekret dann auf ihr Haupthaar und die Jacke. Sagen wir mal so: Das riecht für Menschennasen anscheinend besonders ungut, dabei können die doch eigentlich gar nichts riechen, verglichen mit uns. Sie fasste jedenfalls den fatalen Entschluss für Herrn Mollinger: enteiern und zwar schnell! Er wurde zur Tierärztin des Vertrauens gebracht und kam als Kastrat retour. Nach zwei Wochen stellte er das Markieren ein und ging auch nicht mehr zur Schicht. Nun hatten wir den dauernd am Hals, tolle Leistung, Menschin!

Da sich natürlich keiner im Dorf um ihn riss und einen Besitzanspruch geltend machte – er hat ja mal erzählt, er sei aus einem Auto geworfen worden, kann stimmen oder nicht –, zog er auch mit uns um ins neue Heim. Und nach den ersten Nahraumumkreisungen brach der Zugvogeltrieb in dem Kerl eben doch wieder durch. Er war weg, sie suchten ihn mit

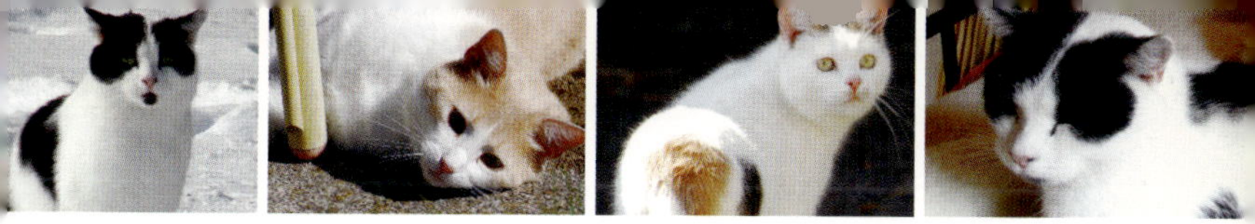

Taschenlampen, und der Pol musste in der Frühe mit dem Radl aufbrechen und erspähte dann in einem Feld etwas Schwarz-Weißes. Er holte sich Fernglas und Gummistiefel, denn zu diesem Feld führte nur der Weg durch zwei tiefe, schlammige Gräben. Erst kurz bevor seine Nase gegen den Stiefel drückte, nahm der Kater überhaupt Notiz vom Pol. Gott, wenn wir uns in etwas vertiefen, dann vertiefen wir uns eben. Was schert uns Menschenzeit! Jedenfalls zog Molli dann hinter dem Pol her, er hatte eh Hunger, und im Gegensatz zum Pol überwand Molli die Gräben mit der gebotenen Anmut und in zwei weiten eleganten Sprüngen, während dem Pol die Stiefel erst vollliefen, dann vom Moorgeist gefressen wurden. War doch eher tief, der Graben.

Fürderhin wusste man ja, wo Molli sich aufhielt – Luftlinie waren das vielleicht eineinhalb Kilometer. Das Problematische daran war nur, dass in der Welt jenseits der Gräben eben auch eine große Straße verlief. Wir sind da ja alle etwas gebrannte Kinder, und so fuhr die Menschin dann immer abends einen großen Schlenker von weit mehr Kilometern außenrum um Wald und Feld bis auf nämliche Straße, rief Molli aus, packte ihn ins Auto und fuhr ihn heim. Er legte sich dazu dann immer oben auf die Armaturen und sagte uns, dass so ein Taxiservice wirklich praktisch sei. Man wird zum Abendessen abgeholt!

Ach ja, apropos Essen: So triefig dieser Molli auch schauen konnte, katerig-treudoof, ein so guter Jäger war er. Pfeilschnell, und dann war er eben mit diesen Vampirzähnen ausgestattet! Er brachte Wühlmäuse, Vögel, Eidechsen – die Schlangen ließ er Cleo –, und eines Tages war da etwas großes Pelziges. Ich musste auch zweimal hinsehen. Die Menschin dreimal, sie ist ja so was von kurzsichtig und hat schon unterstellt, dass er einen Fuchs oder einen Marder erlegt hätte. War aber nur ein Eichhörnchen. Nun gelten die bei Menschen gemeinhin als putzig, und das Entsetzen war groß. Molli verstand die ganze Aufregung gar nicht, was wühlte das dumme Ding auch vor seiner Nase am Boden rum. Jedenfalls wollte sie das Hörnchen pietätvoll bestatten. Es wurde unter einem schattigen Baum zwischengelagert. Der Pol fand es zwei Tage später wieder und legte es in eine Feuertonne. Einäscherung ist ja durchaus auch pietätvoll. Jedenfalls vergaß er das Hörnchen, und ein Freund des Hauses kam auf ein Bier. Ich setzte mich dazu und wunderte mich schon länger. Auch Cleo hatte schon ihr rosa Näschen längere Zeit gerümpft. Dann schnüffelte der Freund: »Da grillt wer. Lecker, könnten wir doch auch machen. Soll ich schnell was holen?« Tja, das war dem Pol dann doch arg, hatte er doch nur Kartons verbrennen wollen. Wenig später kam die Menschin aus dem Haus: »Heh, warum grillt ihr, ohne mir was zu sagen …?«

KAPITEL 19

Herr Rossi hat das Glück gefunden

ES LIEF GUT AN in der Einöde. Es kamen viele Gäste, das brachte viel Cappuccino mit sich und damit Milchschaum für mich. Viele Grillabende und damit Pute für uns alle. Es kam auch der Kumpel der Menschin, der immer fast erstickt, wenn wir da sind. Lustig! Der konnte nur an Schönwettertagen da sein, wenn man draußen sein konnte. Da allerdings nieste er dann wegen der Pollen. Menschen sind und bleiben eine extrem störungsanfällige Fehlkonstruktion. Aber alles in allem fand ich die Wahl des Wohnorts nicht schlecht.

Aber die Menschin hat da ja so ein Talent … Ich weiß nicht, wie sie das macht, aber wir waren kaum vier Wochen im neuen Heim, da entdeckte sie einen völlig zerfransten Teppich. Auf drei Beinen. Wenn man sich die Blutflecken, die Zecken und den Dreck mal wegdachte, war das ein Kater in ausgebleichtem Rot mit weißem Bauch. Er hüpfte

auf drei Beinen und sah einfach erbärmlich aus. Sie ist natürlich sofort mit Näpfen ausgerückt und war von Panik gebeutelt: »Das arme Tier, der hat sicher unerträgliche Schmerzen.« Nun ja, wahrscheinlich hatte er zu engen Kontakt mit einem Auto, oder jemand hatte ihn getreten, das gibt's oft aufm Land, wo die meisten Bauern so einen Neuankömmling gar nicht frenetisch begrüßen. Das Dreibein jedenfalls näherte sich nur dann den Näpfen, wenn alle Menschen schon selig schlummerten. Dann war er wieder mal gar nicht zu sehen, dann tauchte er wieder auf, immerhin schon auf vier Beinen hinkend. Trotz seiner Blessuren und seines unerfreulichen Aussehens musste er sich natürlich – wie Männer so sind – wichtig machen. Er markierte, alles! Er war nun ständig in der Nähe, aber immer so, dass wir zwar mit ihm reden konnten, er vor Menschen aber weiter flüchtete. Er war dauerhungrig und latschte dann eben auch in eine dieser Fallen, aus denen es lecker riecht. Bloß kaum ist man dann da drin, fällt die Klappe zu. Affe tot, Kater drin.

Er gewann damit eine Freifahrt zur Tierärztin mit dem Beipackzettel: enteiern und generalsanieren. Dieser Auftrag wurde erfüllt, die Tierärztin befreite ihn von ganzen Populationen von Zecken und Ohrmilben, weswegen er sich ja auch immer so blutig gekratzt hatte. Frei von Ungeziefer und Eiern war man an der Menschenfront nun ratlos:

Was tun? Ihn einsperren und drin behalten? Dass so was mit einem quasi wilden Tier nicht geht, war allen klar. Also im Heuboden entlassen? Ich hab das ja schon mal erwähnt: So eine Kastration beim Kater ist ja Kasperletheater, die Männer machen bloß so viel Aufhebens davon. Der Entmannte jedenfalls verließ fluchtartig den Käfig, und weg war er. Lange sechs Wochen, in denen sie – Gott, warum hast du sie mit so viel Phantasie gesegnet? – sich alles Üble ausmalte: Er hat sich die Fäden gezogen und verblutet irgendwo. Er war so verstört, dass er irgendwo tot gefahren wurde. Und so weiter. Er war natürlich immer irgendwo in der Nähe und fraß das Futter von Ciabatta im Stall, er war nur für Menschen nicht sichtbar. Nicht ungewöhnlich, für Menschen bleibt so vieles unsichtbar.

Dass der Pol dann auch noch lästerte, machte es gar nicht besser: Klar, der Kater ist unter die S-Bahn gekommen. Klar, er ist zum Autobahnkreuz gewandert. Klar, er ist aus einem Flugzeug gesprungen. Er wurde von Außerirdischen entführt. Er ist zur See gefahren. Sie fand das sehr bedingt witzig.

Anyway, wenn ich mal ins Englische verfallen darf: Dann war er wieder da und sah gar nicht mehr so schlecht aus. Eines Abends kam er hinter dem Haus der dämlichen Schlappohr-Mümmelmänner heraus. Sie war so was von glücklich, sie jubilierte. Der Ausgebleichte ließ sich weiter vollstopfen, und nach einigen weiteren Wochen konnte man neben ihm stehenbleiben, wenn er fraß. Ach, wie entzückend! Wenn ich fresse, findet das keiner entzückend. Er hat schon eine gute Show gemacht: Nach einer weiteren angemessenen Zeitspanne durfte man seinen Kopf streicheln, dann strich er um Beine. Und redete. Er redete ununterbrochen, der Depp! Da uns natürlich klar war, dass der uns bleibt, haben wir resigniert, und Kati fand ihn ja sowieso von Anfang an toll. Molli erst später, der hatte wenigstens etwas Ehre im Leib. Und so redete er weiter, umschwänzelte alle Menschen, wurde immer fetter, und der Winter kam. Ganz schön klirrend wurde der Winter. Der Kater saß auf der Fußmatte, sie natürlich wieder in Panik, dass er erfriert. Er hätte ja nur zu Ciabatta ins Heu gehen müssen, was er auch tat, später in der Nacht, aber so für die Show saß er auf der Fußmatte. Die hatte eine ähnliche Farbe und Fellkonsistenz wie er. Also wurde ihm eine Höhle gebaut: Korb mit Kissen unterm Stuhl, darüber ein Zelt aus Plastikplane und Teppich. Keine Ahnung, ob sie mal eine Einzelkämpferausbildung Wie-baue-ich-ein-Zelt gemacht hat. Da saß er dann drunter, und immer wenn die Tür aufging, kam er hochdramatisch und wild redend raus.

Er war natürlich herzlich eingeladen, reinzukommen. Von ihr, von uns nicht. Er kam aber nicht direkt, er machte das dramaturgisch wieder sehr gut.

Erst als es richtig zapfig wurde, kam er, durchschritt das Haus, suchte sich ein Bett, kreiselte und schlief. Fürderhin erfreute er alle Menschen damit, dass er auf wirklich jedem Untergrund Milch trat und entrückt schaute.

Und nun hatten wir die Schwätzbacke also im Haus, was hatte der alles zu erzählen. Höldi-ich-hab-einen-an-der-Klatsche, Kati-ich-bin-doch-von-allem-begeistert und Molli-ich-hab-grad-eh-keine-Jagdsaison schlossen sich zu einer schwulen Kater-Combo zusammen. Jeden Abend erfreuten sie uns mit lustigen Katerspielen, rauften, traten sich gegenseitig auf dem Kopf rum – dabei hatten die alle vier doch eh schon einen Dachschaden!

Was man spätestens daran festmachen konnte, dass der kleine Kati vor lauter Raufen vergaß, die Augen zuzumachen. Wupps hatte er 'ne Kralle drin und war fürderhin der Einäugige. Damit gewann auch er eine Freifahrt zur Tierärztin, hatte Glück gehabt, der Depp, dass die Wunde nicht allzu tief war. So kam er mit zwei Spritzen und dreimal täglich Augensalbe davon. Herrlich, wenn Menschen versuchen, einer biegsamen Kreatur wie unsereinem Salbe oder auch Tabletten einzugeben. Wir ertragen das eventuell einen Tag, aber keinen weiteren.

Apropos Medikamente: Das Brötchen, Ciabatta, hat ja ein Problem mit der Lunge. Die Tierärztin meinte, die Lunge sei deformiert, schon von Geburt an. Drum klingt das Brötchen auch gerne mal wie ein Alphornbläser, der gerade erst übt. Die Menschin sagt immer, es knurpst, netter Ausdruck dafür, dass die bei uns Star Wars drehen könnten. Ich finde, sie klingt wie Darth Vader in seinen besten Zeiten. Immer wenn sie besonders knurpst, gibt es mal wieder 'ne Spritze. Antibiotikum oder mal ein wenig Cortison, und dann knurpste sie im ausgehenden Winter besonders vaderig. Da man mit der Tierärztin eh zum Essen wollte – man stelle sich das mal vor, diese bedrohliche Frau geht bei uns ein und aus –, brachte sie diese eine Spitze gleich mit. Das Brötchen wurde im Heuboden verortet und der Pol beauftragt, es einzufangen. Natürlich erkannte das Brötchen die Spritzenwirblerin im Erdgeschoss und roch Lunte. Als der Pol Ciabatta von einem Heuballen pflücken wollte, gab das Brötchen zu verstehen, dass es etwas anderes mit dem Tag vorhatte und hing an drei Krallen in der Backe. Sah toll aus, drei akkurate Löcher. Die Spritze hat dann der verbleichte Kater bekommen wegen seiner Augenentzündung. Das nenn ich Flexibilität und Recycling!

Der Winter blieb noch ein bisschen, und zwar in einer extrem kalten Form. Ich sage wirklich: Die Menschin hat dazugelernt. Nach diesem Polarwohnen in unserer vorletzten Bleibe, wo ich immer zum Senior geflüchtet war, wurde nun der Kachelofen beheizt. An Silvester hatten sie es sogar mal bis auf achtundzwanzig Grad geschafft, was wohl auch an dem Raclettegrill gelegen haben musste und den hart essenden Menschen, die zusätzlich heizten. Und rumschweißelten.

Nein, aber es wurde später draußen dann richtig zapfig, wir hielten uns bevorzugt in Betten und rund um den Kachelofen auf. Sogar das Brötchen musste mal zwei Wochen reingeholt werden und hockte genervt im Büro der Menschin.

Was wir nun aber befürchteten, war, dass sie die Hoppelmänner auch noch reinholen würde, weil die armen Kerlchen zu erfrieren drohten. Menschin! Du schreibst doch eine Tierseite! Die haben Winterpelz wie Hulle. Nach dem, was du denen alles fütterst wegen der Kälte, werden die im Frühjahr alle als Fettklopse aus dem Pelz steigen. Der Pol baute in der Hasenburg ein Haus im Haus. Die Front wurde zugetackert und mit Schweizer Armeedecken zugehängt. Sie wurden mit Heu nur

noch zugeschüttet – wahrscheinlich schwitzten die längst.

Sie war aber immer noch sehr besorgt und wandte sich noch zusätzlich einer anderen Sorge zu, weil diese noch viele dringender war. Der Teich fror zu. Also, Teich ist ja ein großes Wort, nennen wir es Flachpfütze mit Seerosenbehang. Was bitte scheren mich sieben blöde Goldfische? Die allerdings wohl gar nicht so blöd waren, denn sie hatten sich den ganzen Sommer nicht von uns fangen lassen. Genau wie die nervig quakenden Froschlümmel. Cleo war ziemlich säuerlich, dass sie nie so ein Ding erwischt hatte. Vor allem, weil der Kati natürlich immer dann, wenn sie tarnfarbig und flach fast vor Ort gewesen wäre, herangehüpft war und dabei gepfiffen hatte. Aus die Maus, weg der Frosch!

Im Herbst wurde extra so ein Gebläse reingehängt, auf dass der Tümpel nicht zur Gänze zufriere. Tat er dennoch, auch weil ein Blizzard – das Wetter wird ja auch immer komischer! – das Styroporringerl weggefegt hatte. Jedenfalls heulte sie uns nun jeden Tag vor, dass die Fische erfrieren würden, dass sie schuld sei am Tode der armen Tiere. Fische, nur Fische! Kein Pelz, nichts zu streicheln, schnurren nicht! Wer braucht schon Fische? Und der Pol redete beruhigend auf sie ein – und als vom

Eise befreit, die Bäche und Seen ... ja, da kamen sieben Goldfische zum Vorschein. Schwimmend, nicht mal mit dem Bauch nach oben. Nur ein Winteropfer war zu beklagen, und das war so ein seltsamer Farbmutant, der sowieso beim Reigen der großen sieben nicht mitgezählt wurde.

Der Frühling blieb ein wenig, und mit ihm kam so ein schwarzer Kater, der aussah wie ein Klon von Kati. Da dieser Eiermann aber augenscheinlich gepflegt war und gar nicht scheu, nahm sie mal einen Besitzer an, und er ist vom Enteiern bisher verschont geblieben. Aber der Trottel markiert die neue Loungegarnitur. Er sollte sich langsam hüten, oder besser seine Eier.

Warten wir es ab, Neuerungen gibt es hier ja immer: Was ja auch eingezogen ist, sind neue Vegetarier. Im letzten Sommer noch zwei so schwarze Dinger wie Littlefoot – Gracie und Kelly. Ich halte Pferde ja wirklich für unintelligent, aber diese Gracie hat wohl Katzengene. Sie fand Reiter dämlich, wie ihre Freundin Kelly auch, die alle immer runterbuckelte. Gracie aber ist ziemlich clever und faul und hat sich das genau bei den anderen Ponys angeschaut. Buckeln bringt meistens gar nichts, sondern verschwendet nur unnötig Energie. Gracie legte sich dann einfach hin, da waren die Reiter dann echt etwas verwirrt und sahen ganz schön blöd aus der Reitwäsche. Im Spätherbst kam dann ein Pole in Sonderlackierung: schwarz-weiß, aber auch noch mit Flecken übersprenkelt. So ein Kasperlkopf! Sie gaben ihm die ehemalige Box der Ponys, bloß war er natürlich ungleich größer und klaute in der ersten Nacht alles von den Haken. Zwei Jacken, alle Halfter. Ein Pole eben ... Und er erzieht die Menschin echt zum Aufräumen. Er ist urkomisch, an dem haben wir echt unsere Freude. Der hat mit Sicherheit ein Muli oder einen Esel in der Blutlinie. Er steht einfach wie ein Fels. Immer wenn sie den auf den Paddock bringen wollen, bleibt er mittig im Hof stehen und glotzt frech. Die Menschen zerren und locken, und er steht nur. Herrliche Show, und immer ganz kurz bevor die Menschen dann beschließen, ihn entweder zu verprügeln oder zur Salami werden zu lassen – oder beides –, trottet er los. Er zwinkert den anderen dann zu, eventuell ist der auch gar nicht so blöd, wie diese Pferde sonst sind. Ein Pole eben!

Es wurde Frühjahr, und gestählt vom wilden Galopp im tiefen Schnee waren Gracie und Kelly gar nicht mehr zu bändigen und verloren pro Ausritt mehrfach Reiter. Da hatte die Menschin eine grandiose Idee: Sie tauschte die renitenten Ponys samt Kutsche gegen noch so einen Typen wie Falco, so einen Fjorddeppen. Der kam als ganz lieber, braver Bärli, und wir alle haben noch nie so ein fettes Pferd gesehen. Nun heißt er »Lasse Ole Abnehmen«, und ich sage nur: Obacht! Wenn der wirklich mal abspeckt und den dicken Hintern höher bringt, dann wird der auch mal richtig komisch. Saukomisch! Der hat nämlich so ein keckes Glitzern in den Augen. Der Pole und der Klops, das kann noch was werden …

Nun ist wieder Sommer, es ist tropisch wie in Mexiko, Rossi heult und quiekt bei jedem Gewitter (und die fegen ja bald täglich durch) wie ein Kleinkind, das in verschissenen Windeln liegt. Bursche, wie hast du denn ein paar Jahre lang allein draußen gelebt? Ohne Gewitter begrüßt er hier frenetisch jeden Besucher, lässt seine Haare an deren Beinen zurück – von Wald-und-Wiesen-Angsthasen zum Mister Wonderful. Was für eine Wandlung! Eigentlich ist die Gästebegrüßung ja mein Job, aber in letzter Zeit atme ich schlecht, mein Herz ist auch nicht mehr das Beste … Liebe Leute, das Leben geht weiter, es wird ein Kommen und Gehen bleiben. Tri-

umphale Ankünfte, wehklagende Abschiede. Verhaltene Anfänge, jubelnde Folgen. Erfolge und Misserfolge. Teilstrecken, meine Lieben. Wer im Hier und Jetzt lebt wie wir, der lebt besser. Auch ich werde eines Tages gehen müssen, und ich kann dann zumindest auf

ein Leben zurückblicken, das Nachhall hat: Ich habe eine paar Menschen das Wesen der Katzen erklärt, oder auch ein paar mehreren, wenn sie mein Buch aufmerksam gelesen haben. Ein Buch sollte man schon schreiben, so viel Zeit muss sein. Ich habe alle Ciabattas und Cleos und Katis dieser Welt erzogen, ich habe in mehrfacher Hinsicht Geschichte geschrieben. Was will man mehr?

Eure Frau Mümmelmeier von Atzenhuber

Nachwort von Nicola Förg

LIEBE FRAU MÜMMELMEIER, beste Frau Mümmelmeier, Sie haben einen klaren Blick auf die Katzen- und Menschenwelt. Einen klareren als Mama Samtpfote. Ihr Pragmatismus, werte Gräfin, hat den Ursprung in einem Urwissen um das Leben, das uns Menschen verstellt bleibt. Wahrscheinlich haben wir es mit der Erbsünde verloren. Sie und Ihresgleichen gehen mit Raum und Zeit sehr viel entspannter um als wir. Sie nehmen das Leben, wie es kommt, Sie hadern nicht, Sie geben keine Schuldzuweisungen ab, Sie sehen nach vorne, nie zurück. Sie trauern auch, aber Sie trauern so, dass aus dem Dunkel neuer Optimismus sprießen kann. Sie geben sich nie auf, Sie opfern sich nicht auf, letztlich denken Sie an das einzige Individuum, auf das jeder – Mensch und Katz – sich verlassen kann: an sich selbst. Wahrscheinlich ist uns Menschen leider keine so lange Lebenszeit gegeben, um auch nur annähernd Ihre Weisheit zu erlangen. Dazu müssten wir tausend Jahre alt werden. In den fünfzehn Jahren, die Sie mein, unser Leben bereichern, habe ich, haben wir ein wenig gelernt – und sei es nur mehr Gelassenheit. Sie haben mir geholfen, den Schmerz zu ertragen. Sie und alle Ihrer Art spüren es, wenn Nähe nötig ist, Sie wissen auch, wenn Distanz vonnöten ist. Sie haben – verzeihen Sie mir – einen kleinen Putzfimmel, aber nie war mir dieser so lieb wie in den Momenten, in denen Sie meine Tränen abgeputzt haben. Sie nerven manchmal mit Ihrem Milchgetrete, aber Sie haben mich in jenen Momenten zum Lachen gebracht, in denen sich dunkelste Schatten über das Leben gelegt haben. Wir saßen zusammen am Grab Ihres Sohnes – ich mit zwei Flaschen Rotwein, Sie mit nichts als einem Blinzeln in die untergehende Sonne. Sie strahlen in jeder Lebenssituation Würde aus, wir Menschen nur Elend. Ich weiß, dass Sie sich manchmal, nein, oft unserer schämen – umso mehr wissen wir es zu schätzen, dass Sie bei uns bleiben. Wir Menschen haben große Probleme mit der Liebe. Vor allem wir Menschen, die wir Tiere lieben, oder es glauben. Millionen wahrscheinlich haben sich auf eine entsetzliche Gratwanderung eingelassen. Wir gehen auf einem Grat, von dem der Sturz so schmerzhaft ist, dass ich zumindest wünschte, ich hätte nie begonnen mit diesem Weg. Tiere zu lieben heißt loszulassen, sie nicht einzusperren. Vor allem Katzen. Mama Samtpfote betet jeden Tag darum, dass ihr alle wieder unversehrt auftaucht. Mama Samtpfote steht da mit bebendem Herzen und ruft und lockt, und mit jeder Katze, die um die Ecke biegt, jubiliert ihr Herz. Mit jeder, die einen Tag lang etwa nicht zu sehen ist, schnürt sich die Kehle mehr zu. Denn Katzen verschwinden, verlieren den Kampf gegen einen Marder, geraten in Mähmaschinen und werden überfahren. Sie, allerbeste Frau Mümmelmeier, sagen jetzt, dass das der Gang der Dinge ist. Auch als sie Moebius überfahren haben, diesen schwulen Pazifisten, den liebsten von allen, ein Wollknäuel, das immer davon überzeugt war, alle müssten auch ihn lieben. Autos aber lieben keine Katzen, Mähdrescher auch nicht. Sie wissen das, Sie wissen, dass leben auch leiden bedeutet. Und Sie würden nie von einer angemessenen Lebensdauer sprechen. Sie sind eine Philosophin, Sie ignorieren die Zeit. In Ihrer Philosophie wären auch einige glückliche Sekunden schon genug für ein erfülltes Leben. Nur wir Menschen haben im Kopf, wie alt einer theoretisch werden muss. Kleiner Hund zwölf, großer Hund acht, Katze fünfzehn, Kaninchen acht, Pony dreißig? Sie waren nicht dabei, als ich Ihren Sohn von dieser Straße geholt habe, ihn heimgetragen in einer Holzkiste. Ihn beerdigt. Das Bild seines zerschmetterten Köpfchens trage ich in mir. Sie waren nicht dabei, als ein guter Mensch mich begleitet hat, Prosecca von ebendieser Straße zu holen. Ich hätte es allein nicht gekonnt. Aber diese Bilder verfolgen mich, sie quälen mich. Der Strudel der Schmerzen mündet nach einer grauenvoll langen Zeit in ein ruhigeres Gewässer. Und selbst wenn es spiegelglattes Wasser ist und du hineinsiehst, dann ist das wieder nur das Bild eines zerschmetterten Körpers. Ihr Katzen wisst, dass es eine Erlösung gibt. Loszulassen. Das Gute erinnern, das Schlechte vergessen. Euer Weg ist klüger als unserer. Oft habe ich gedacht, es wäre besser, sich nicht einzulassen auf die Liebe, vorher abblocken, sich dagegenstemmen, auch gegen diesen Wunsch, euch zu beschützen. Wie vermessen, ihr beschützt euch selbst. The show must go on, das Leben geht weiter, Sie haben mich gelehrt, dass es keine Alternative gibt zur Liebe. Herr Moebius ist in unseren Herzen und in unseren Gedanken, Prosecca auch, sie, die sie die schönsten Bocksprünge aller Zeiten konnte! Aber da sind andere, neue, die unsere Liebe verdient haben, sie ersetzen nicht etwa die Verluste, sie sind kein Ersatz, sie *sind* einfach. Katzen sind einfach, und wenn ich für eines danken kann, allerbeste, wunderbarste Frau Mümmelmeier, dann dass Sie über all die Jahre die Holzstapels, die Strohschupp'-schen und all die Mitesser akzeptiert haben. Mit Noblesse, mit Würde, aber nie mit Hochmut!

Die Autorin

Frau Mümmelmeier von Atzenhuber, Jahrgang 97, ist eine ostpreußische Gräfin. Oder noch Edleres. Sie lebte und arbeitete bereits in Mering, nahe Weilheim, dann im Ammertal und nun in Prem. Auf ihrem Anwesen gewährt sie zwei Menschen dauerhaft Asyl und nimmt sich ihrer ein bisschen an. Zudem begrüßt sie die zahlreichen Gäste und Urlauber. Weiter erzieht sie immer neue Katzen, ignoriert die Pferde und Karnickel und erfreut die Welt mit ihrer unschätzbaren Weisheit. Sie ist nun eine ältere Dame und weiß um die Endlichkeit des Lebens. Sie hat der Welt viel hinterlassen.

www.ponyhof-prem.de